TERRA NOVA

Grande Nature

Collection dirigée par
Michèle Gaudreau

TERRA NOVA

LAURENT CHABIN

ÉDITIONS
MICHEL
QUINTIN

Données de catalogage avant publication (Canada)

Chabin, Laurent, 1957-

Terra Nova

(Grande nature)
Pour les jeunes de 12 ans et plus.

ISBN 2-89435-109-7

I. Titre. II. Collection.

PS8555.H17T47   1998   jC843'.54   C98-941172-9
PS9555.H17T47   1998
PZ23.C42Te 1998

Illustration: Sylvain Tremblay
Infographie: Tecni-Chrome

La publication de cet ouvrage a été réalisée grâce au soutien financier de la SODEC, du PADIÉ et du Conseil des Arts du Canada.

ISBN 2-89435-109-7
Dépôt légal - Bibliothèque nationale du Québec, 1998

© Copyright 1998
Éditions Michel Quintin
C.P. 340, Waterloo (Québec)
Canada J0E 2N0
Tél.:   (450) 539-3774
Téléc.: (450) 539-4905
Courrier électronique : mquintin@mquintin.com

1234567890HLN98

Imprimé au Canada

L'auteur tient à remercier le Conseil des Arts du Canada, *dont une subvention a permis les recherches nécessaires à l'élaboration de ce livre, ainsi qu'Anton Goïcoetchea, de l'association ITSAS BEGIA, sans qui cette histoire n'aurait probablement pas vu le jour.*

Chapitre 1

⊕

Un cauchemar

Ce matin, en me levant, je devais avoir l'air de sortir de ma propre tombe. Ma mère m'a jeté un regard inquiet, tant j'étais blême. Je tremble encore. Et pour cause : la nuit a été horrible. Des cauchemars pareils, je n'en avais encore jamais connu.

Je fais quelquefois de mauvais rêves, comme tout le monde. Des rêves dans lesquels des monstres me poursuivent, dans lesquels je me noie, où je me sens disparaître dans des gouffres sans fond, que sais-je ? Mais, au matin, ces horreurs s'effacent avec la lumière du jour et je sais que tout cela n'était qu'une fantasmagorie dont il ne restera rien.

Aujourd'hui c'est différent. Dans cet interminable cauchemar, je n'ai pas été la victime mais le spectateur impuissant d'un drame atroce qui affligeait quelqu'un d'autre, la personne qui m'est la plus chère au monde : mon frère Joanes.

Et, au réveil, loin de se dissoudre dans la lumière du soleil d'été, ces images d'angoisse se sont imposées à moi avec une violence accrue.

Joanes se débattait dans un océan déchaîné et glacé. Son corps n'était qu'un fétu de paille perdu dans ce tourbillon infernal. Il m'appelait de toutes ses forces. Tout ce qui lui restait de vie et d'énergie n'était qu'un cri désespéré lancé vers moi, et moi je gisais dans mes draps comme dans une prison, bras et jambes liés, gémissant d'impuissance, incapable de faire le moindre geste pour le sauver.

J'ai dû crier, moi aussi, hurler au secours. Personne n'a donc rien entendu ? Mon frère se noyait, des monstres noirs surgis du fond de la mer le frôlaient, avec des gueules béantes prêtes à l'avaler et des nageoires à briser les bateaux d'un seul coup.

Un rêve ? Un mauvais rêve ? Non, je sais très bien que ce n'en était pas un. Je sais faire la différence. Ce que j'ai vu, ce que j'ai *senti* au cours de cette nuit d'épouvante, ce n'était pas le fruit de mon imagination. C'était la réalité, telle qu'elle se déroulait à l'instant même dans un autre lieu.

Entre Joanes et moi, il en a toujours été ainsi. Lorsque nous sommes séparés – et cela n'est pourtant pas arrivé bien souvent – nous parvenons quand même à communiquer de cette façon, par la pensée.

Cela peut paraître invraisemblable, mais c'est la vérité : Joanes et moi sommes jumeaux et, avant même de savoir parler, nous étions déjà capables d'éprouver les mêmes sentiments au même moment, et de ressentir chacun, malgré l'éloignement, la peur ou le danger qui menaçait l'autre.

Cependant, jamais encore je n'avais perçu ces messages avec une telle puissance, une telle netteté. Jamais non plus, il faut le dire, Joanes ne s'est trouvé aussi loin de moi, jamais il ne s'est trouvé confronté à de tels dangers.

On dirait que le lien qui nous unit est d'autant plus fort que la distance qui nous sépare est grande. Où se trouve-t-il exactement, ce matin? Nul ici ne pourrait le dire, car personne ne sait au juste où vont les navires.

Mais je sais une chose avec certitude : mon frère est en train de risquer sa vie loin de tout rivage hospitalier; il se trouve de l'autre côté du monde, aux portes mêmes de l'enfer, et je ne peux rien faire.

Je ne peux rien faire qu'attendre le retour du *Saint-Jean*.

Chapitre 2

⊕

Un affreux pressentiment

Le *Saint-Jean*, tout le monde l'attend, ici. Les armateurs de Saint-Jean-de-Luz, les négociants anglais ou bordelais et, bien sûr, les familles des marins.

Les marins basques sont renommés. Les capitaines espagnols, français ou anglais ne s'aventurent pas sur l'océan sans avoir à leur bord quelques-uns des nôtres. Jusqu'aux Hollandais, à qui nous avons appris à chasser la baleine.

Un seul peuple nous a surpassés sur la mer, celui des Vikings, qui ont occupé Bayonne autrefois, et qui ont été nos maîtres en navigation et en construction navale.

Des Vikings nous tenons aussi de nombreuses histoires sur des terres de légende qui existeraient là-bas, au bout du monde, de l'autre côté de l'océan, là où l'on dit que la mer se jette dans des abîmes bouillonnants.

Je ne sais pas ce qu'il faut en croire, mais j'ai bien peur que ce soit en un lieu de ce genre que Joanes se bat pour sa vie. Que faire? L'été tire à sa fin, il faut attendre de longs jours encore avant que le *Saint-Jean* ne revienne, lui et les bateaux qui l'ont acccompagné là-bas.

Chaque année ils partent ainsi au printemps, à dix, quinze, parfois vingt navires. Parmi eux, il n'y a pas d'amiral qui commande aux autres, comme dans la marine royale anglaise. Chaque capitaine est autonome, et chaque équipage est formé de marins librement engagés pour cette aventure.

Mais tous partent ensemble et reviennent ensemble, avant l'hiver, les cales chargées de morue salée.

Où vont-ils ainsi, tous les ans? On ne le sait pas avec exactitude. Les marins eux-mêmes, lorsqu'ils racontent leur voyage tout en préparant leurs lignes, en hiver, sont incapables de donner des précisions.

Ils font voile vers l'ouest, puis remontent vers le nord. Il y a des îles, là-bas, disent-ils, certaines peuplées par les descendants de ces Vikings, qui furent jadis les rois de la mer. Mais les plages en sont jalousement gardées et les pêcheurs basques ne peuvent pas y débarquer pour y faire sécher la morue.

Les Anglais ont bien tenté de s'y établir par les armes, mais ils n'ont pas réussi. Les Basques non plus. Alors, les uns comme les autres, ils pratiquent la pêche errante, plus rapide mais moins rentable.

C'est dans cette aventure que Joanes s'est embarqué.

Durant toute la saison, les navires ne touchent pas une seule fois la terre. La morue est vidée et salée sur le bateau lui-même, puis stockée dans des tonneaux entre des couches de sel. On l'appelle alors «morue verte», par opposition à la morue séchée.

Hélas, si la morue verte se prépare plus vite, elle se conserve moins longtemps et se vend donc moins cher que la morue séchée. C'est pourquoi les marins de tous les pays recherchent à tout prix – parfois en utilisant la force – des plages proches des zones de pêche pour y faire sécher le poisson.

Malheureusement, nous n'avons pas accès à de tels rivages. Le capitaine Goïcoetchea, qui commande le *Saint-Jean*, pratique donc la pêche errante sur d'autres routes maritimes, connues de lui seul et des capitaines qui l'accompagnent.

C'est là que se trouve Joanes, perdu entre le ciel et l'eau, environné par les vents hurlants. Le deuil est trop souvent le prix à payer pour ces voyages en haute mer. Et en ce moment même, pris dans la tempête, le *Saint-Jean* est en train de jouer son destin.

* * *

Joanes s'est embarqué il y a quelques mois comme mousse. Notre mère a frémi en apprenant sa décision. Alors que nous étions encore au berceau, notre père, un pêcheur hauturier comme presque tous nos voisins, est parti sur un bateau qui n'est jamais revenu. Et la mer est devenue, pour la pauvre femme, un monstre impitoyable.

Pourtant, la mer est aussi notre mère nourricière. Notre vie est indissolublement liée aux bateaux. Il n'y a qu'un choix possible, ici : la mer ou la misère. Les larmes aux yeux, notre mère a donc dû s'incliner et laisser partir Joanes. Il serait marin, comme son père, et elle n'y pourrait rien, car il vaut mieux aller en mer que mourir de faim.

Je me souviens de son départ comme si c'était hier. C'était le jour de notre anniversaire : le 15 mars 1399. Le matin même, je lui avais offert une médaille qu'il avait aussitôt accrochée à son cou avec un lacet de cuir. Une médaille ronde, avec la croix basque en son centre.

Pour la première fois, Joanes quittait la maison pour une destination inconnue. Pour la première fois aussi, nous allions être séparés pour de longs mois.

Le vide causé par son départ a été atroce, surtout pour moi. Il me semblait qu'une partie de moi-même m'avait été arrachée.

Je ne m'endormais qu'avec peine, tard dans la nuit, avec au côté gauche une douleur si vive que j'avais l'impression que mon coeur allait éclater.

Puis les souffrances se sont atténuées, et peu à peu j'ai retrouvé Joanes dans mes rêves. D'abord son visage, qui me souriait et me consolait, puis, derrière lui, d'immenses espaces bleus et houleux, peuplés de sternes criardes et de goélands.

Alors j'attendais impatiemment la nuit. À peine au lit, je glissais dans le sommeil et m'envolais pour rejoindre Joanes dans des nuages d'écume blanche et d'oiseaux immaculés. Je me laissais bercer par les vagues, je croyais presque sentir le goût du sel sur mes lèvres...

Et puis ce rêve, hier soir. Ce cauchemar affreux qui n'en finissait plus. Tout au long de la nuit j'ai cru mourir avec mon frère jumeau, subissant avec lui les assauts des vagues déchaînées, avalant la même eau saumâtre et glacée jusqu'à étouffer.

La lutte a duré jusqu'au matin et j'ai dû abandonner enfin, chavirant dans l'inconscience. Où se trouve Joanes? Je ne sais pas. Le contact est rompu. Je n'éprouve plus maintenant qu'une écoeurante sensation de vide.

* * *

Il m'a fallu plusieurs jours pour accepter la signification de ce néant soudain. Plusieurs jours pour admettre qu'il est inutile maintenant d'attendre le *Saint-Jean*.

Je n'en ai pas parlé à ma mère : elle ne supporterait pas un tel choc. Je dois donc vivre sans l'aide de personne avec ce pressentiment sinistre qui m'accable : cette année, les bateaux ne reviendront pas.

Chapitre 3

✛

Le retour du Saint-Jean

Pendant les semaines qui suivent, j'ai l'impression de ne vivre qu'à moitié. Ma mère, bien sûr, a remarqué ma pâleur, mon abattement, mais je ne peux pas lui en avouer la cause.

Le début de l'automne se passe ainsi dans l'amertume et le découragement. J'aide ma mère à tenir la maison, à y faire rentrer un peu d'argent.

Souvent je vais dans la montagne, j'en rapporte du bois, des châtaignes, du fromage que me donnent les bergers en échange de quelques travaux, mille petites choses qui nous permettent de survivre.

C'est avec Joanes que j'y allais, autrefois. Nous avons souvent fait l'ascension de la montagne Larrun, qui domine le littoral là où les Pyrénées se jettent dans la mer. De là-haut, par beau temps, on voit les ports de toute la côte, de Fontarrabie à Bayonne et, plus loin vers le nord, les interminables plages de Gascogne.

Vers l'intérieur, ce sont ces splendides montagnes vertes, enveloppées de brumes à l'automne : notre pays, que nous appelons Euskadi dans notre langue, et que ni les Anglais, ni les Français, ni personne n'a jamais pu nous enlever !

Hélas, je n'y pense plus aujourd'hui. Je ne vais même plus à la plage. Je ne veux plus voir la baie de Saint-Jean, ni le port, ni les vagues. Je déteste la mer...

Les incessantes pluies d'automne qui baignent la côte et font disparaître l'horizon dans une brume incertaine ressemblent à ce que j'éprouve : une lassitude grisâtre et amère, une vacuité à peine entamée par les petites nécessités de la vie quotidienne.

Et puis, un matin d'octobre, je me réveille en sursaut, frissonnant malgré la tiédeur de l'air.

La fatigue accumulée, peut-être, a eu raison de moi hier soir et j'ai sombré dans un sommeil profond aux premières heures de la nuit. J'ai dormi jusqu'au matin comme un loir et, en me levant, je ne ressens plus ce poids mortel sur ma poitrine.

Que s'est-il passé pendant que je dormais ? Pourquoi ce soulagement, étrangement combiné à une inexplicable sensation de froid ? En essayant de me souvenir, de sonder les ténèbres dans lesquelles j'ai enfin trouvé un peu de repos, il me semble rapporter peu à peu de la nuit des visions plus sereines : un paysage gris et silencieux, fait de rocs nus et escarpés, noyés dans un brouillard ouaté et froid; un fleuve immense qui se perd dans un océan inconnu. Et au-dessus de ce décor fascinant, pareil à une brume flottant sur les eaux, un douloureux sourire. Joanes !

C'est pour moi une illumination. Joanes est vivant ! Ça ne fait pas l'ombre d'un doute. Pourquoi ? Comment ? Je ne me pose pas la question, je m'arrête à cette seule certitude : mon frère n'est pas mort et moi, je me sens revivre.

Aussitôt debout, je me précipite vers ma mère.

— Quel jour sommes-nous?

— Nous sommes le quinze octobre, me répond-elle, stupéfaite par mon exaltation soudaine.

Puis, croyant comprendre la raison de mon enthousiasme, elle ajoute:

— Les bateaux ne vont pas tarder à rentrer.

Inutile d'en entendre davantage. Je me rue hors de la maison et me hâte vers la mer. Inutile de contourner la baie pour me rendre au port. Depuis la pointe de Socoa, qui la domine à l'ouest, aucun navire entrant au port ne pourra échapper à ma vue.

Les maisons de Saint-Jean, de l'autre côté de la rade, émergent à peine de la brume matinale lorsque je m'installe à la pointe de Socoa. Debout dans le vent, les yeux fixés vers le large, je commence un guet vigilant.

Les rochers, en cet endroit de la côte, se jettent à pic dans une mer que je n'ai jamais vue calme. Mais les vagues peuvent bien s'acharner sur eux, aujourd'hui, leur violence restera vaine. Joanes est vivant, et les voiles du *Saint-Jean* vont bientôt apparaître à l'horizon.

Comme la matinée avance, mon excitation retombe peu à peu. Je m'assois et, sans pour autant relâcher mon attention, je laisse vagabonder mon esprit. Je me demande si Joanes aura changé. Sept mois en mer! Il sera presque devenu un homme...

Lorsqu'il est midi au soleil, je me rends compte que je n'ai pas bougé depuis des heures et que ma mère va peut-être s'inquiéter.

Chaque année, les bateaux rentrent de la saison de pêche en octobre. Ils reviennent quand les cales sont pleines et, selon que les vents auront été plus ou moins favorables, la pêche plus ou moins bonne, la date de leur retour peut varier de plusieurs semaines.

Je ris de ma naïveté. Je ne vais tout de même pas venir passer des journées entières sur ces rochers battus par le vent comme les princesses des contes qui guettent leur bien-aimé du haut d'une tour! Je n'ai rien d'une princesse, moi, et le travail m'attend à la maison.

D'ailleurs, le retour des pêcheurs ne passera pas inaperçu. Chaque année, vers cette époque, les gamins de Socoa, comme ceux de Saint-Jean ou de Ciboure, hantent la plage et les rochers dans l'espoir d'être les premiers à apercevoir les bateaux.

Et jamais encore les pêcheurs ne sont arrivés au port sans y être attendus par leurs familles et les armateurs, avertis par la marmaille bruyante sitôt que les voiles se détachent à l'horizon.

Je rentre donc, refoulant ma déception, sachant que mon impatience ne changera rien ni au vent, ni à la mer, ni au savoir-faire des capitaines.

Ma tête est déjà pleine des récits de voyage que Joanes ne manquera pas de me faire, des incidents de la vie du bord, des mers lointaines et des créatures fabuleuses qu'il aura rencontrées pendant ces mois de navigation aux confins du monde.

* * *

La semaine a passé dans une excitation fébrile. Ma mère, heureuse de voir que j'ai retrouvé le goût de vivre, rayonne elle aussi. Et un matin, enfin, les cris tant attendus font sortir le village des maisons.

— Ils arrivent! Ils arrivent!

Ma mère et moi ne sommes pas en reste. Il faut vingt bonnes minutes pour se rendre à Saint-Jean, et il s'agit d'arriver avant les bateaux.

Aujourd'hui, il fait un temps splendide. Femmes de marins, fils et filles de marins, mères de marins se pressent le long de la corniche qui surplombe le chenal. C'est de là qu'on a la meilleure vue sur les bateaux qui entrent dans le port.

Les navires sont là, effectivement. Il n'en manque pas un, et le soulagement se lit sur les figures. Les marins sont accueillis par des cris, des appels, des ovations. Chacun se tourne plus particulièrement vers le bateau où se trouve un père, un mari, un fils.

Le *Saint-Jean* est là, lui aussi, le dernier entré dans le chenal, comme d'habitude. Car son maître, le capitaine Goïcoetchea, est l'un des marins les plus expérimentés de la côte basque, et le plus fier : jamais il n'entrerait au port tant qu'un de ses compagnons se trouve encore en mer.

Tandis que le navire glisse lentement sous nos regards attentifs, j'écarquille en vain les yeux à la recherche de Joanes. Mon frère ne se trouve pas sur le pont. Mais je sais que, tant que le navire n'est pas à quai, il y a du travail à bord et que le mousse est bien souvent le dernier à mettre pied à terre.

Je dévale donc le chemin, passe le pont de Ciboure et me précipite vers les quais. Comme chaque année, le retour des pêcheurs de haute mer a attiré une foule innombrable, et j'ai du mal à me frayer un chemin.

Ça y est, enfin, le *Saint-Jean* est à quai! Rires, embrassades, cris joyeux. Bien sûr, on ne me laisse pas monter à bord. Je me hisse sur la pointe des pieds pour tenter d'apercevoir Joanes.

Ma mère finit par me rejoindre. Elle aussi, anxieuse, fouille le navire des yeux.

— Que fait donc ton frère? murmure-t-elle. Je ne le vois pas.

C'est alors seulement que je remarque les regards gênés que portent sur elle les marins passant près de nous. Au milieu de la joie des retrouvailles, on dirait qu'ils se détournent, qu'ils évitent même de croiser son regard.

Qu'est-ce que cela signifie?

Enfin la silhouette du capitaine, un homme de taille moyenne au visage sévère, apparaît en haut de la passerelle. On s'écarte. L'armateur, à qui appartient le bateau, s'avance. C'est lui qui doit l'accueillir : le métier passe avant la famille.

Mais ma mère n'y tient plus. Elle veut savoir, elle bouscule presque le propriétaire du bateau. Le capitaine Goïcoetchea l'avise et, descendant la passerelle de son pas lent d'homme de mer, il se dirige vers elle, l'air grave.

Je veux me précipiter à mon tour, mais quelqu'un me saisit par le bras et m'immobilise. Je me retourne vivement. C'est Aristegui, un de nos voisins que j'aime beaucoup. Il était sur le *Saint-Jean*, lui aussi.

— Ne bouge pas, m'ordonne-t-il à voix basse.

— Lâche-moi ! Je veux voir Joanes !

— C'est inutile, me répond Aristegui d'une voix triste et douce à la fois. Tu ne le verras pas. Joanes n'est pas ici.

Chapitre 4

⊕

Où est mon frère ?

Cette simple phrase me fait l'effet d'un coup de poignard. Je veux hurler. Ce n'est plus Aristegui qui me tient, c'est moi qui m'agrippe à lui pour ne pas tomber. Quand je le lâche enfin, je me retourne vers ma mère, que le capitaine Goïcoetchea vient de quitter.

Celle-ci est livide, figée sous le coup de l'émotion. Ses yeux sont rouges mais secs. Elle se tient droite, immobile sur le quai, tandis que les familles s'éloignent. On dirait qu'un sort l'a transformée en statue. Alors Aristegui pose sa main sur mon épaule et, suivi de sa femme qui est venue l'accueillir, il s'approche de ma mère.

Tous les deux lui prennent le bras et, lentement, nous reprenons le chemin de Socoa. Durant tout le trajet, personne ne prononce une parole.

* * *

Pendant toute la journée, ma mère reste prostrée dans un coin de sa chambre. Marie-Madeleine, la femme d'Aristegui, est venue nous rendre visite à plusieurs reprises, mais ma mère n'a pas voulu la voir.

Que lui a donc dit le capitaine Goïcoetchea pour expliquer l'absence de Joanes? A-t-il débarqué mon frère dans un port lointain? Joanes a-t-il été fait prisonnier lors d'une escarmouche avec des pêcheurs anglais ou portugais?

Ou bien... ou bien... Ce matin encore, j'avais la certitude que mon frère était vivant, mais ce soir je n'y crois plus.

La nuit est longue et effrayante, je ne parviens pas à dormir. Pourtant, au fond de moi, un léger espoir subsiste. Mes rêves, ceux du moins qui concernent mon frère, n'ont jamais été trompeurs. Je ne peux pas croire qu'il ait disparu ainsi, sans laisser de traces, sans m'envoyer un dernier appel.

Dès le réveil, j'insiste donc auprès de ma mère pour qu'elle me répète ce que lui a dit le capitaine. Je lui fais part de mes rêves. Elle sait à quel point Joanes et moi sommes liés, et mon insistance, ma conviction, la font enfin sortir de son abattement.

Le teint gris, elle relève lentement la tête :

— Joanes a disparu en mer lors d'une tempête, dit-elle d'une voix morne. Nous ne le reverrons plus.

— Comment ! N'a-t-on pas essayé de lui porter secours ? De lui lancer un filin, de plonger à sa rescousse ? Il ne manquait pas de marins courageux à bord !

— C'est que... Joanes n'était pas à bord. Il était seul dans une chaloupe. On ne s'est aperçu de sa disparition qu'après la tempête.

— C'est impossible, maman ! Joanes est un mousse, pas un pêcheur. Jamais son capitaine ne l'aurait envoyé dans une chaloupe, surtout par gros temps.

— On ne l'a pas envoyé, il est parti tout seul. Il a pris une chaloupe et il a disparu en mer. Voilà ce que m'a dit le capitaine Goïcoetchea. Je ne sais rien de plus.

Comment ! Joanes aurait pris un canot ? Veut-elle dire qu'il l'aurait volé ? Ce n'est pas possible, je ne peux pas croire une chose pareille! Et pourquoi aurait-il quitté son bateau en pleine mer, à des semaines de voyage de la côte la plus proche?

C'est invraisemblable. Le capitaine Goïcoetchea n'a pas tout dit. Il n'a pas la réputation d'un bavard, je le sais, mais tout de même!

Malheureusement, je sais qu'il ne me sera pas possible de le rencontrer. Goïcoetchea n'est pas un homme d'un abord facile et, de plus, pendant les jours qui viennent, il doit s'occuper de sa cargaison et rendre des comptes aux armateurs. On m'éconduira avant même que j'aie pu l'approcher.

J'irai donc voir Aristegui. Il faisait partie du voyage: il doit savoir.

Aristegui habite à deux maisons de chez nous. Il nous connaît, Joanes et moi, depuis notre enfance. C'était un ami de notre père, ils avaient le même âge et naviguaient souvent ensemble.

Depuis la mort de notre père, il s'est comporté avec nous davantage comme un proche parent que comme un simple voisin. Parfois, je me dis que nous avons peut-être remplacé les enfants qu'il n'a pas eus lui-même...

Aristegui me reçoit avec un triste sourire, devinant sans doute le but de ma visite. Il a l'air gêné. Je le comprends. Il sait à quel point j'aimais mon frère. J'ai l'impression qu'il doit se retenir pour ne pas pleurer devant moi.

— Joanes s'est conduit comme un vrai marin, finit-il par murmurer après un long et pénible silence. Oui, un vrai marin.

— Mais alors, pourquoi est-il parti ? Et comment le capitaine a-t-il pu le laisser prendre une chaloupe alors que la tempête menaçait ?

— Eh bien oui... c'était une erreur... il n'aurait pas dû... bredouille Aristegui en tripotant un bout de ligne.

— Et vous-mêmes ? L'avez-vous laissé partir sans rien dire ? Vous étiez tous des marins expérimentés, sur le *Saint-Jean*...

— Oui, tu as raison, fait Aristegui. Bien sûr. Mais tu sais, la vie sur un bateau de pêche n'est pas une partie de plaisir. Les pêcheurs sont extrêmement occupés du matin au soir. En fait, nous... je ne l'ai pas vu partir moi-même. Je n'aurais rien pu faire. Non, je n'aurais rien pu faire...

Aristegui se tord les doigts tout en parlant d'une voix faible et hésitante. Son attitude est étrange. Les mots ont l'air de sortir avec peine de sa bouche. Lui d'habitude si jovial, toujours en train pour raconter une histoire de pêche!

La situation est différente aujourd'hui, évidemment, mais elle ne suffit pas à expliquer son trouble. Aristegui est comme un père pour moi. Je le regarde dans les yeux et, à ma grande surprise, il les baisse. Il n'ajoute rien de plus.

Je rentre à la maison, perplexe. Pourquoi ce malaise? Jamais Aristegui ne s'est comporté ainsi avec moi. On aurait dit un enfant qui ment, maladroitement, comme s'il voulait dissimuler une conduite honteuse. Allons donc! Aristegui, un menteur? Impossible, cet homme est l'honnêteté même.

Et pourtant, il n'a pas tout dit, j'en ai la conviction. Aristegui, tout comme le capitaine Goïcoetchea lui-même, nous cache quelque chose à propos de la disparition de Joanes. Mais pour quelle raison? Qu'est-il vraiment arrivé à mon frère? Et pourquoi veut-on nous cacher la vérité?

Chapitre 5

✛

Étrange cargaison

Je n'ai pas encore confié mes soupçons à ma mère. Je ne veux pas lui donner de faux espoirs. Ces hésitations et ces silences qui entourent la disparition de Joanes ne servent peut-être qu'à dissimuler autre chose: l'atrocité de sa mort, par exemple, qu'on veut nous cacher pour nous épargner un chagrin plus grand encore.

Qui sait si Joanes n'a pas péri sous les yeux de l'équipage, emporté et dévoré par un monstre des profondeurs, un de ces léviathans dont j'ai entrevu les silhouettes terrifiantes dans mon cauchemar?

Mais alors, pourquoi avoir inventé cette histoire de chaloupe, que mon frère aurait prise malgré les ordres du capitaine? Ça n'a pas de sens.

Si Joanes était mort ainsi, ses compagnons nous auraient rapporté la légende d'un héros et d'un martyr, comme il y en a tant dans l'histoire de la mer, et non pas celle d'un écervelé imprudent.

Non, mon frère n'est pas mort. Le mystère dont on entoure sa disparition en est la preuve. Un jeune mousse ne sombre pas ainsi sans que l'équipage fasse une cérémonie à sa mémoire, sans que le capitaine rapporte un document précis relatant l'événement.

Si Joanes n'était pas à bord du *Saint-Jean* lors de son retour, c'est parce qu'il est resté là-bas. Où, là-bas? Voilà ce que ni le capitaine Goïcoetchea ni les autres marins, obéissant sans doute à ses ordres, ne veulent nous laisser savoir.

Je ne peux pourtant parler de ça à personne. On me demanderait comment je peux mettre en doute la parole d'un homme comme le capitaine Goïcoetchea. Je dois donc me contenter de fureter, d'observer, d'écouter.

La semaine suivante, je me rends chaque jour au port. Personne ne prête attention à moi. On ne se méfie pas des gens de mon âge et, d'ailleurs, de nombreux enfants ont l'habitude d'errer sur les quais au retour des pêcheurs.

Nous y sommes souvent venus ensemble, Joanes et moi. Le déchargement des tonneaux de morue salée, l'allure affairée des négociants ventrus qui viennent en traiter l'achat, l'afflux des curieux, tout ce mouvement m'est familier.

Le *Saint-Jean* est toujours à quai. Je me mêle à la foule qui va et vient devant les bateaux, j'essaie de surprendre les conversations des marins.

Je reconnais parmi eux un matelot du *Saint-Jean*. Il discute avec deux autres marins, montrant fièrement de la main l'abondante cargaison de son bateau.

— Une fameuse campagne de pêche, dit-il. Et pas perdu une seule chaloupe! Le capitaine Goïcoetchea n'est pas un marin d'eau douce.

Pas perdu une seule chaloupe... C'est bien ce que je pensais! On nous a menti! Joanes n'a pas pris d'embarcation, j'en étais sûr. Mais alors, pourquoi toute cette histoire?

Je n'ai pas le temps d'y réfléchir davantage, car je remarque quelque chose qui m'intrigue encore plus.

J'ai toujours aimé regarder le débarquement des tonneaux de poisson, ces énormes barriques que les hommes font adroitement rouler sur une étroite planche depuis le pont du navire jusqu'au quai. Ce spectacle attire toujours beaucoup de monde, mais les marins sont habiles et, jusqu'ici, je n'ai jamais vu un tonneau tomber à l'eau et la précieuse marchandise se perdre.

Or aujourd'hui, à ma grande surprise, aucun tonneau n'est hissé hors des cales. Ce sont des caisses que les marins débarquent, des caisses dont les planches ne sont pas jointes et qui ne laissent pourtant pas échapper le moindre grain de sel.

Les marins les empilent sur le quai avant de les transporter dans les entrepôts du port. Que contiennent-elles donc? Je m'approche discrètement. L'odeur du poisson est bien là, mais moins forte que d'habitude bien que les caisses ne soient pas étanches.

Profitant de ce qu'aucun marin ne se trouve à proximité, je m'introduis entre deux piles de caisses et tente de soulever un couvercle. Voilà qui est surprenant! Les caisses renferment bien du poisson mais, contrairement à ce que je pensais, il n'est pas salé: c'est de la morue sèche!

— Hé, là-bas!

Du pont du bateau, un marin vient de surprendre mon manège. Avant que le capitaine ne vienne me réclamer une explication, je file sans demander mon reste. Il ne me fera pas poursuivre, bien sûr, mais après ce que j'ai vu, je préfère ne pas avoir à me justifier devant le capitaine Goïcoetchea.

De la morue sèche! Comment est-ce possible? Le *Saint-Jean*, ainsi que les autres bateaux de la côte basque, est censé pratiquer la pêche errante.

Je sais très bien, comme tout le monde dans les familles de marins, que sans la possibilité de débarquer sur un rivage sûr et libre, il n'y a pas d'autre solution pour les pêcheurs que de conserver la morue dans le sel jusqu'au retour au port. Or, que je sache, il n'existe aucune côte, à l'ouest ou au nord de cet océan, où les Basques puissent aborder pour y sécher leur poisson sans avoir à livrer bataille contre les pêcheurs d'autres nations déjà installés.

Le *Saint-Jean* n'est pas un navire de guerre, bien sûr, mais j'ai souvent entendu dire par des marins qu'il faut parfois défendre ses zones de pêche les armes à la main.

Est-ce là ce qui s'est vraiment passé ? Joanes est-il tombé lors d'un combat, ou bien a-t-il été capturé par une flotte étrangère ?

Non, c'est ridicule. Pourquoi alors aurait-on inventé cette histoire de naufrage d'une chaloupe ? Il s'agit d'autre chose, que je ne comprends pas encore. Mais un fait au moins est clair à présent : la destination du *Saint-Jean* et des autres bateaux n'est pas celle que l'on croit.

Le capitaine Goïcoetchea et son équipage n'ont pas passé sept mois en mer. Au cours de leur voyage, ils ont abordé sur une terre dont ils gardent l'existence secrète.

C'est comme une révélation. La clé du mystère, peut-être. Une des clés, tout au moins : la disparition de mon frère est liée à ce lieu inconnu. Voilà pourquoi personne ne veut – ou ne peut – en parler ouvertement.

Du coup l'espoir me revient. D'ailleurs, à aucun moment le capitaine n'a formellement évoqué la mort de mon frère. Aristegui non plus. Tout ce qu'on sait, c'est que Joanes est parti. Où ? Je n'en sais rien mais, plus j'y songe, plus j'ai la conviction que la vérité réside dans mes rêves : Joanes est vivant, et il est *là-bas*.

Chapitre 6

✛

Une idée insensée

Comment vivre, à présent, avec une telle certitude? Car si j'éprouve un immense bonheur à savoir que mon frère est en vie, je ressens aussi un profond désespoir face à l'éloignement qui nous sépare à jamais. Cette certitude, d'ailleurs, devient une idée fixe. Je pense à Joanes jour et nuit, j'en perds le sommeil, l'appétit.

Ma mère, quant à elle, semble vivre dans une ombre perpétuelle, sans but, sans joie. Je voudrais lui faire part de mes sentiments, parfois, mais je me demande si le fait d'imaginer Joanes perdu définitivement dans une contrée inconnue ne lui ferait pas plus de mal que de le croire mort.

Alors je me tais, et nos deux vies se poursuivent, parallèles, dans une atmosphère étouffante.

J'ai tenté à plusieurs reprises de revoir Aristegui, mais chaque fois il me fuit. Quand il ne peut pas faire autrement, il se contente d'échanger quelques banalités avec moi, tout en évitant de parler de Joanes.

À propos de la morue sèche rapportée par le *Saint-Jean*, il se perd dans un bredouillement gêné, affirmant que seuls les capitaines connaissent l'art de la navigation, et que lui-même, simple matelot, serait incapable de dire à quel endroit se déroule la pêche.

Je n'insiste pas trop, car je sais que peu de pêcheurs, effectivement, savent lire une carte marine. Mais je sens que dans la tristesse de son regard, dans la profondeur de ses yeux, un secret se cache qui est quelquefois sur le point de sortir.

Tout au long de l'hiver, je rumine ma mélancolie et mon désespoir. Pourtant, peu à peu, une idée se fait jour dans mon esprit alors que les pêcheurs des alentours préparent déjà leurs lignes pour la saison nouvelle.

C'est une idée insensée, si folle que j'ose à peine me la formuler à moi-même. Confuse au début – un simple désir sans contours précis – cette idée se transforme en un projet mûrement réfléchi au fur et à mesure qu'approche la date de la prochaine campagne de pêche.

Car je ne me satisfais plus de la pensée que mon frère n'est pas mort. Une nouvelle obsession me hante maintenant : non seulement Joanes est vivant, mais il m'attend ! Oui, il m'attend là-bas, et je n'ai qu'un seul moyen de le rejoindre : m'embarquer à mon tour !

Avant la fin de l'hiver, ma décision est prise : je m'engagerai comme mousse sur le *Saint-Jean* pour la prochaine saison de pêche.

Je ne peux en parler à personne, bien entendu, surtout pas à ma mère. La mer lui a pris son mari, elle lui a pris son fils. Il ne lui reste plus que moi, et je vais partir, moi aussi, au-delà des frontières connues.

Je sais le chagrin mortel que lui causera mon départ. Je ne trouverai pas la force de lui dévoiler mon projet, mais je ne peux plus revenir en arrière maintenant.

L'entreprise n'est pas des plus simples. En premier lieu, personne ne doit être au courant : il me faudra donc dissimuler mon identité avant de m'engager. Bah, je n'aurai qu'à prendre un nom d'emprunt et prétendre que je viens de l'intérieur, de la montagne, d'un village où les marins n'auront jamais mis les pieds.

Le plus dur sera de ne pas dévoiler la supercherie au cours du voyage. C'est sur ce point que je m'interroge. Comment vivent les marins à bord ? Comment font-ils pour préserver un peu d'intimité alors qu'ils sont confinés dans un espace clos et minuscule ?

J'ai peur que tôt ou tard on ne découvre mon secret. Comment réagira alors le capitaine Goïcoetchea ? Il ne pourra tout de même pas me faire jeter par-dessus bord, ni m'abandonner sur une île déserte...

Les fers, à fond de cale, avec les rats ? Je préfère ne pas y penser. Je ne crains pas la mer, mais j'ai horreur des rats, et cette seule idée me donne envie de vomir. Tant pis. Ce sera à moi de ne pas me faire prendre. Les rats ne me feront pas reculer.

Le printemps approche, je dois faire mes préparatifs. J'ai dissimulé sous mon lit de vieux vêtements de pêche de Joanes qui me sont encore bons.

Pour me rendre méconnaissable, au dernier moment, quand j'irai signer mon engagement, je me couperai les cheveux, que j'ai assez longs. Et si je ressemble encore trop à Joanes, je dirai que je suis de sa parenté.

* * *

Les derniers jours de février ne passent pas. Je ronge mon frein, incapable de supporter l'attente alors que mon plan est bien établi.

Enfin, aux premiers jours de mars, les bateaux sont prêts pour le départ. Chaque matin, dès l'aurore, à l'affût derrière les amoncellements de marchandises et les pièces de gréement qui encombrent le quai, j'observe le va-et-vient des marins qui viennent s'engager.

Trois jours avant la date prévue pour le départ, je n'ai encore vu aucun mousse se présenter au capitaine du *Saint-Jean*. La place est donc toujours libre. J'irai demain !

Avant l'aube, sans bruit, je me coupe les cheveux, j'enfile les vêtements de mon frère et je me glisse dans la nuit.

Il me reste à trouver un nom, car le mien ne conviendra pas et je n'ai toujours rien trouvé qui me satisfasse. Un nom, c'est indissociable de la personne qui le porte, on ne peut pas le choisir au hasard. Comment pourrais-je m'appeler ? J'y réfléchis longtemps, sans succès.

Et puis, alors que, dans la brume matinale, je me présente au bateau, l'idée me vient, lumineuse, évidente. Joanes ! Oui, c'est ça. Je m'appelerai Joanes. C'est un nom si courant, ici, qu'il n'attirera pas l'attention. Et il m'ira si bien...

* * *

Ça y est, mon engagement est signé. Une petite croix au bas d'un papier. On ne m'a pas demandé d'où je venais. Les Basques ne sont pas indiscrets. On m'a simplement annoncé que le travail serait dur, et que je ne partais pas pour m'amuser. Mais ça, je le savais.

Quand ma mère, avec stupéfaction, a vu mes cheveux coupés, je lui ai simplement dit que j'avais des poux. Elle n'a rien dit pour les vêtements. Elle s'est contentée de me jeter un regard incrédule, puis est retombée dans sa profonde apathie. Je ne peux plus la regarder sans avoir envie de pleurer...

Deux jours plus tard, le matin du départ, je quitte enfin Socoa dans l'ombre, le cœur serré. Je voudrais laisser un mot pour ma mère, lui expliquant mon départ, mais à quoi bon? Cela ne lui apporterait aucun réconfort. Et, d'ailleurs, je ne sais pas écrire.

Le soleil ne va pas tarder à se lever. En longeant la corniche qui surplombe le chenal, je tombe soudain sur Marie-Madeleine, la femme d'Aristegui, qui revient du port. Que fait-elle ici alors qu'il fait encore nuit?

Peu importe. Je vais en profiter pour tester mon déguisement. Je l'aborde. À mon grand contentement, je constate qu'elle ne me reconnaît pas. C'est gagné!

Mais, à ce moment, un ultime remords me prend. Je retire brusquement mon capuchon et la fixe droit dans les yeux. Elle a un sursaut de frayeur.

— Toi ? Que... que fais-tu ici ? bégaye-t-elle.

— Tu seras la seule à savoir, Marie-Madeleine. Ne t'inquiète pas, je sais ce que je fais. Dis simplement à ma mère que je pars rejoindre mon frère.

Et, avant qu'elle ait le temps de réagir, je file à toutes jambes vers le port, où m'attend le *Saint-Jean*. Dans peu de temps, je serai en pleine mer. Personne ne pourra plus me faire revenir.

Une intense activité règne sur le pont. On embarque les derniers instruments, les derniers vivres. Le capitaine, qui m'aperçoit, m'envoie dans la cale pour aider à l'arrimage, sans faire davantage attention à moi.

Tout va très vite, je n'ai même pas le temps de penser à ma mère, que j'ai laissée sans un mot, sans un baiser. Tout n'est que cris et agitation, mais sous cet apparent désordre se manifeste la plus grande efficacité.

Quand je remonte enfin sur le pont, le bateau est déjà engagé dans le chenal. Là-haut, sur la corniche, je vois quelques femmes de marins qui assistent au grand départ, les yeux braqués vers nous avec émotion.

Soudain j'en remarque une qui court à perdre haleine, arrivant de Socoa, en proie à un affolement total.

C'est elle! C'est ma mère qui est venue, avertie par Marie-Madeleine Aristegui! Au-dessus de ma tête, le vent qui gonfle la grande voile carrée couvre ses cris. Il est trop tard! Le bateau, maintenant, ne fera pas demi-tour.

Alors, dominant la rumeur du vent et de la mer, un long cri de détresse s'élève. Ce hurlement atroce de ma mère est le dernier message qui me vienne de la terre.

Et, tandis que le *Saint-Jean* rejoint la mer, j'éprouve soudain le sentiment que je ne reverrai jamais ce pays...

Chapitre 7

✦

Pirates !

La vie en mer n'est pas ce que j'avais imaginé. Je n'ai pas le temps de contempler la mer. Je dois laver le pont, aider à la cuisine, graisser les poulies, être à la disposition de tous.

Joanes par-ci, Joanes par-là ! J'ai du mal à m'habituer à mon nouveau nom...

Le capitaine est la plupart du temps invisible et je crois volontiers que les marins, qui n'ont pas grand-chose à faire hormis la manoeuvre des voiles carrées, ne font semblant de préparer leurs lignes que pour ne pas avoir l'air désoeuvrés.

Une seule personne se démène sans relâche à bord : le mousse. Le mousse

qu'on ne regarde même pas, le mousse qui
compte moins qu'un chien. Le mousse,
perdu dans la solitude et l'anonymat au
milieu d'un équipage d'hommes rudes...

C'est seulement à la fin de la journée
qu'a lieu la rencontre que j'appréhende
depuis le début. La nuit tombe. Alors que
je vais prendre un peu de repos à l'avant,
après une journée épuisante, je manque de
tomber nez à nez avec Aristegui.

Lui, je ne pourrai pas le tromper, il me
connaît trop bien. Immédiatement, je
baisse les yeux et lui tourne le dos,
feignant de regarder l'horizon. Et, le coeur
battant à se rompre, résistant à l'envie de
me mettre à courir, je rebrousse chemin à
pas lents.

Je n'ose pas me retourner. J'ai l'impression que les yeux d'Aristegui me trans-
percent jusqu'à la moelle. A-t-il eu le
temps de me reconnaître ? Ce n'est pas sûr.
Sa femme elle-même s'y est laissé prendre
avant le départ.

Cela ne l'empêche pas, dans la soirée, de
poser à plusieurs reprises son regard sur
moi avec insistance. Je fais tout mon
possible pour ne pas croiser son chemin,
mais ce n'est pas une mince affaire sur un

bateau qui ne mesure pas soixante-quinze pieds de long[1].

Bien entendu, ma ressemblance avec Joanes est évidente pour qui se donnerait la peine de m'examiner, et je me demande maintenant si c'était une bonne idée de prendre son nom.

La capitaine Goïcoetchea, lui aussi, m'a jeté un regard appuyé dans le courant de la matinée. Un regard si pénétrant que j'ai eu l'impression qu'il me mettait à nu. Mais il n'a rien dit et est reparti donner des ordres. Tout de même, j'ai intérêt à filer doux et à ne pas me faire remarquer.

* * *

Décidément, rien ne va plus! Je viens de faire une découverte inquiétante, bouleversante.

Ce matin, quelques jours à peine après notre départ, je me trouvais dans la cale avec l'ordre d'y chasser les rats. J'ignore s'il s'agissait d'une punition ou d'une sorte de brimade, imposée à tous les mousses pour éprouver leur courage, mais

---

[1] Environ 23 mètres.

j'étais là dans le noir, tremblant de peur dans cet espace confiné.

Les rats sont la chose dont j'ai le plus horreur au monde, et l'idée que dans chaque bateau l'équipage humain se double toujours d'un nombre encore plus grand de rats me cause plus de frayeur que la perspective de la pire des tempêtes.

L'estomac noué, j'avais pourtant dû me résigner à descendre dans ce trou puant. Peu à peu mes yeux s'accoutumaient à l'obscurité régnant au fond de la cale et, malgré mon dégoût, je m'y promenais lentement, avec pour seule arme une tige de fer pointue théoriquement destinée à harponner les rats.

Tout autour de moi des caisses étaient arrimées, ainsi que des tonneaux, de grosses pièces de toile ou de charpente, et toutes sortes d'objets dont je ne connaissais pas encore l'usage.

Ces caisses m'intriguaient. Il ne s'agissait pas des cageots épais et profonds qui servent à transporter le poisson. Quant aux tonneaux, ils ne sonnaient pas creux, ils n'étaient donc pas destinés eux non plus à recevoir le produit de la pêche. Que transportait donc le navire?

Cela ne me regardait pas, mais la curiosité était trop forte. Trop de mystères s'accumulaient autour des voyages du *Saint-Jean*. Je ne pouvais plus y tenir. À l'aide de mon crochet de fer, j'ai donc fait sauter un des couvercles.

Je n'en croyais pas mes yeux. La lumière était faible, mais il n'y avait pas d'erreur possible : cette caisse était remplie d'armes ! Des dagues, des lames, des fers de lance, par milliers peut-être, vu le nombre de caisses embarquées. Tout cela dans un bateau destiné à la pêche à la morue !

À quel trafic pouvait bien se livrer le capitaine Goïcoetchea ? Et les marins, avaient-ils connaissance de l'arsenal au-dessus duquel ils naviguaient ? Dans quelle expédition guerrière le *Saint-Jean* se trouvait-il engagé ?

Une fois de plus, le secret dont est entourée la disparition de Joanes m'est revenu à l'esprit. Pourquoi tous ces mystères ?

De retour sur le pont sans avoir·pris le moindre rat, j'ai eu droit aux sarcasmes de l'équipage. Tous les hommes se sont mis à me lancer des plaisanteries douteuses sur mon habileté et ma bravoure. Leurs sourires me paraissaient ironiques et malveillants.

Je n'ai rien répondu, je n'ai osé me confier à personne. J'ai seulement remarqué que l'un d'entre eux ne participait pas à ces moqueries. Aristegui, impassible au milieu de l'hilarité générale, me regardait d'un air triste et plein de compassion.

Ce soir encore, alors que je me repose enfin, le dos appuyé contre le bordage, les mêmes questions me tourmentent.

J'en viens à me demander si la pêche a quelque chose à voir avec le but de notre voyage, si elle n'est pas qu'un masque honnête servant à dissimuler des activités peu avouables.

Lesquelles ? J'ai bien peur de le deviner. La pêche est un métier extrêmement dur, il faut aller toujours plus loin pour trouver les bancs de poisson, affronter le gros temps et les autres pêcheurs.

Alors, pourquoi ne pas aller au plus simple ? Pourquoi ne pas prendre aux autres le fruit de leur travail et s'éviter ainsi la peine d'une longue saison de pêche ? Pourquoi ne pas rançonner les plages, arraisonner les bateaux ?

Voilà comment, peut-être, le capitaine Goïcoetchea se procure de la morue salée. Un pirate ! Je me trouve à bord d'un bateau pirate ! Je comprends maintenant pourquoi les marins n'aiment pas parler de leurs voyages !

Qui aurait cru que les honorables pêcheurs de la côte basque étaient des forbans d'une telle espèce ? Le sont-ils tous, d'ailleurs, ou bien le capitaine Goïcoetchea n'est-il que l'indigne exception, la brebis galeuse, la honte de la corporation ?

J'en ai envie de vomir. Me voilà dans de beaux draps ! Quant au sort de mon frère, je n'ose y penser. A-t-il été vendu, échangé ? Sert-il d'otage ? Et n'est-ce pas également le destin qui m'attend désormais ?

Chapitre 8

⊕

Où allons-nous ?

Ma situation est devenue impossible. Je ne peux plus supporter ma solitude, ni le poids du secret que je viens de découvrir.

De toute façon, tôt ou tard, je subirai le sort de mon frère, car pas plus que lui je n'accepterai de devenir pirate. Mon seul espoir, c'est que parmi ces marins il en soit un, moins corrompu que les autres, qui accepte de m'aider.

Je n'ai guère le choix. Un seul semble avoir manifesté une ombre de sympathie pour moi : Aristegui. D'ailleurs, je le connais depuis trop longtemps pour croire que cet homme puisse être un bandit, surtout après tout ce qu'il a fait pour notre famille.

Aristegui est la douceur même. Sa grande taille, sa maigreur, son dos légèrement voûté et, surtout, ses paupières qui tombent comme sous le poids des soucis ne lui donnent pas du tout l'air d'un forban.

Sans aucun doute ce métier lui fait-il horreur. Il ne le pratique que poussé par la nécessité, parce qu'il doit vivre et faire vivre sa femme. La tristesse que je lis dans ses yeux me dit qu'il réprouve la piraterie. J'ose le croire, en tout cas.

Je revois les longues soirées d'hiver passées chez lui, en compagnie de sa femme et de Joanes. Assis sur un vieux coffre, il nous faisait rêver avec ses innombrables histoires de pêche que nous écoutions en mangeant des châtaignes grillées.

Souvent aussi il nous donnait un peu de sel provenant de la contrebande, qu'il pratiquait hors des saisons de pêche. Mais la contrebande n'est pas la piraterie, loin de là. Ce n'est qu'une juste activité à laquelle les Basques se livrent depuis toujours. Car si les Basques sont à peu près libres, leur pays, lui, ne l'est pas. Déchiré depuis des siècles entre la France et l'Espagne, livré en partie aujourd'hui au roi d'Angleterre, partagé, vendu, ce pays nous a été volé.

Pour nous, lorsque nous passons la montagne, les frontières n'existent pas. Ce qu'on nomme la contrebande n'est qu'une compensation de la tyrannie que nous imposent Anglais, Français ou Espagnols, selon l'occupant du moment.

Aristegui, lui, ne me dénoncera pas, j'en ai la certitude. Cependant, je ne sais pas comment l'aborder. Il n'y a pas d'intimité possible, sur ce navire, et je ne veux pas risquer de me trahir devant d'autres que lui.

Le soir, lorsque je peux enfin me reposer, je me réfugie sur le pont. Les hommes se regroupent plutôt à l'avant. Je m'installe donc en général vers le milieu du bateau, adossé au treuil qui sert à manoeuvrer la voile du grand mât, tout en surveillant du coin de l'oeil les mouvements des marins.

Tout autour de nous, c'est la mer, rien que la mer. Je ne sais pas où nous nous trouvons, n'ayant aucun point de repère. Je comprends mieux, maintenant que je suis sur ce bateau perdu au milieu de l'océan, pourquoi de nombreux marins sont si souvent incapables de donner des précisions sur les routes qu'ils suivent pourtant pendant des années.

La plupart du temps, seul le capitaine connaît suffisamment la navigation pour s'y retrouver sur une carte. Lui seul, d'ailleurs, a accès aux cartes.

Les yeux au ciel, le regard perdu dans les étoiles qui resplendissent ce soir, je me demande à quoi cela sert de voyager lorsqu'on ne sait même pas où l'on va.

Tout à coup, une ombre près de moi me fait sursauter. Je reviens sur terre – si je puis dire – et reconnais la grande silhouette d'Aristegui. Mais, malgré un certain soulagement, je reste sur la défensive.

Aristegui s'assoit à mes côtés en sou-pirant. Je devine une gêne en lui. Pourquoi donc? Je ne suis pour lui qu'un mousse, c'est-à-dire pas grand chose. Les autres ne font pas tant de manières avec moi...

— Belle soirée, hein? fait-il enfin, le nez en l'air, après s'être raclé la gorge.

Je sens qu'il ne regarde le ciel que pour éviter de croiser mon regard. Ma nervosité est telle que je n'ose pas lui répondre.

— C'est la première fois que tu navigues, n'est-ce pas ? reprend Aristegui avec douceur.

— Oui, oui...

— Et ça te plaît ?

— Je ne sais pas encore, dis-je après une légère hésitation. C'est... si différent de ce que je croyais.

— Moi aussi, autrefois, je m'imaginais voguant sur les vagues, libre comme un oiseau. Et puis je me suis retrouvé à récurer le pont et les fonds de gamelle. J'ai mis longtemps avant de pouvoir regarder de nouveau les étoiles : je n'avais pas le temps !

— Et maintenant ?

— Maintenant j'ai l'habitude, répond Aristegui avec cette fois une certaine chaleur dans la voix. La pêche est un métier très dur, mais nous sommes ici de notre plein gré et, tant que nous sommes sur un bateau, nous sommes libres.

— Ça n'a pas l'air trop dur pour tout le monde, fais-je en essayant de durcir ma voix. Nous naviguons depuis des jours et des jours et j'ai le sentiment que, à part moi, personne ne fait grand-chose. Quand la pêche commencera-t-elle vraiment ?

Aristegui éclate de rire.

— Ne t'inquiète pas, reprend-il. Elle débutera bien assez tôt à ton goût. Et là, tu verras ce que c'est que le travail, le vrai, dans le sel et le froid, du matin au soir, et parfois aussi une grande partie de la nuit. Mais sois tranquille, tout cela ne commencera pas avant que nous ayons atteint nos zones de pêche, très loin dans l'ouest.

De nouveau je lève les yeux vers les étoiles. Depuis longtemps déjà je sais m'orienter en les regardant. C'est Aristegui lui-même qui me l'a appris.

Vers l'avant, juste au-dessus de la proue du bateau, je reconnais la Petite Ourse avec, au bout de la queue, l'étoile Polaire, l'étoile des marins. Nous nous dirigeons droit vers elle. Si les bancs de morue sont à l'ouest, nous faisons fausse route...

J'ai beau avoir confiance en cet homme, qui a si souvent remplacé mon père, je ne sais pas comment lui faire comprendre mon aversion face à ce que j'ai découvert dans la cale.

Ma véritable identité, la destination de ce bateau, sa vocation de pirate... Ces secrets commencent à peser lourd sur mes épaules. Si je tombais à l'eau maintenant, je crois que je coulerais à pic !

Tout en réfléchissant, je n'ai pas détourné les yeux de la Polaire. À mes côtés, Aristegui reste silencieux, contemplant lui aussi les étoiles. Pendant un long moment, on n'entend que le bruissement du vent dans les voiles et celui de l'eau qui court le long de la coque.

— Aristegui, dis-je soudain. Où allons-nous, exactement ?

Est-il surpris parce que je l'appelle par son nom ? Est-ce que je le tire trop brusquement d'une rêverie ? Quoi qu'il en soit, il ne me répond pas mais se met à me regarder d'un air hébété, comme si ma question était tout à fait saugrenue.

— Aristegui, fais-je de nouveau, fixant toujours l'étoile Polaire, où allons-nous *vraiment* ?

— Eh bien, je ne saurais dire exactement, prononce-t-il d'une voix hésitante. Je ne suis qu'un matelot, je ne sais pas lire les cartes. Je ne sais pas lire du tout, d'ailleurs. Je sais seulement que là où nous allons, peu de gens se sont aventurés.

— Pourquoi ? Est-ce si dangereux ?

— Non, dit Aristegui en reprenant de

l'assurance. Pas vraiment. Pas plus qu'ailleurs, en tout cas. Seulement...

— Seulement?

— C'est très loin, fait-il en hochant la tête. Beaucoup plus loin qu'on ne pense. Au-delà de ce que peuvent imaginer les gens de la terre ferme. Et là-bas il y a...

Aristegui s'arrête au milieu de sa phrase, comme s'il en avait trop dit. Avant que je puisse réagir, il se lève vivement et s'éloigne.

— Qu'y a-t-il là-bas? ai-je encore le temps de demander.

— Tu verras toi-même, répond-il, sans se retourner.

Et il disparaît, avalé par la nuit.

* * *

Cette nuit-là, malgré ma fatigue, j'ai énormément de mal à m'endormir. Je ne peux pas croire qu'Aristegui soit un pirate, bien sûr, mais je voudrais bien savoir vers quels cieux m'emporte le *Saint-Jean*.

Ce mystère me taraude, non par simple curiosité, mais parce que je sais qu'au bout de ce voyage se trouve l'être qui m'est le plus cher au monde.

Chapitre 9

✛

Un nouveau passager

Le lendemain, il m'est impossible de revoir Aristegui hors de la présence des autres marins. Il évite jusqu'à mon regard. Pourquoi cette fuite? A-t-il failli briser un interdit, hier? Pour ma part, je ne sais plus quoi faire. Attendre? Attendre quoi?...

Le soir même, un événement inattendu vient changer l'ordre de mes pensées. Comme je me repose d'une nouvelle journée harassante, les coudes posés sur le bordage bâbord, je remarque avec stupéfaction une série de lumières scintillant au loin. Une côte?

Mais quelle côte? Si nous voguons toujours vers le nord, cette côte se trouve donc à l'ouest. Jamais je n'ai entendu parler d'une telle chose, hormis dans les légendes.

Je lève les yeux pour chercher l'étoile Polaire et vérifier la direction du bateau, mais le ciel est couvert, ce soir, et les étoiles sont invisibles. Je ne comprends plus. Où sommes-nous donc ?

Je n'y tiens plus. Cherchant Aristegui des yeux parmi les matelots, je finis par l'apercevoir, appuyé sur le bordage tribord, juste de l'autre côté du mât. Il est seul.

Discrètement, je m'approche. Il sursaute légèrement lorsque je pose ma main sur son bras. Cependant, il n'ouvre pas la bouche.

— Aristegui, lui dis-je dans un murmure, comme si je craignais qu'on m'entende jusqu'à cette côte mystérieuse, il y a des lumières là-bas, à bâbord. Il y a une terre... Sommes-nous arrivés ?

Cette fois il éclate de rire.

— Arrivés ? Mais mon pauvre enfant, nous ne sommes pas encore partis !

Devant mon air ahuri et vexé à la fois, Aristegui reprend d'une voix presque gaie :

— Cette côte qui t'intrigue est celle de Cornouailles. Nous naviguons présentement vers l'est, et nous allons la longer jusqu'à celle du Devon, puis nous arriverons à Southampton.

— Southampton ? Mais c'est en Angleterre ! Est-ce là que nous allons pêcher ?

Aristegui rit de plus belle.

— Pêcher ? Pas encore. Crois-tu donc que le capitaine Goïcoetchea soit assez bête pour s'en aller pêcher en faisant un voyage d'agrément ? Un tel voyage coûte cher, il faut le préparer, le rentabiliser par tous les moyens.

« Le capitaine a embarqué à Saint-Jean-de-Luz assez de fret pour en financer une partie. Nous allons débarquer tout ça à Southampton et repartir le ventre léger. Imagine un peu: du vin, des métaux, des armes, toute une partie de la richesse du Pays basque qui alourdit nos cales depuis notre départ ! »

Du fret ! Du commerce ! Je tombe de haut ! Bien sûr, tous les bateaux de la côte basque font du cabotage, c'est notoire. Je me rends compte, soudain, à quel point mon hypothèse de la vocation pirate du capitaine Goïcoetchea est ridicule.

Mes autres questions restent en suspens, bien sûr, mais je dois avouer que c'est un gros poids qu'Aristegui vient de m'enlever de sur le coeur.

* * *

Le voyage jusqu'à Southampton s'est passé sans incident notable. Ce matin, nous sommes arrivés en vue du port et la ville m'a semblé énorme.

Je n'ai pas pu descendre du bateau, la plupart des matelots non plus. Dommage, j'aurais aimé voir ce pays. Je ne parle pas un mot d'anglais, d'accord, mais j'ai l'impression qu'il y a si longtemps que je n'ai pas mis le pied à terre...

Du pont, j'ai assisté au déchargement des tonneaux de vin et des caisses d'armes. La population qui grouille sur les quais est innombrable. Les gens n'ont pas le même aspect que chez nous. Plus grands, les cheveux et les yeux plus clairs, une allure plus lente, aussi.

Par ailleurs, je remarque qu'ils sont aussi assez différents entre eux. Aristegui m'explique que plusieurs peuples se sont mélangés ici, venus du nord, de l'est, du sud.

Des marins vont de bateau en bateau, à la recherche d'un engagement. Selon Aristegui, la vie sur les vaisseaux de guerre – et même dans la marine marchande anglaise – est à tel point inhumaine que beaucoup de gens cherchent à s'embarquer plutôt sur les bateaux de pêche, bien qu'ils en connaissent les dures conditions de travail.

Un de ces hommes, précisément, vient de monter à bord. Cela fait un bon moment que je le vois rôder à proximité du *Saint-Jean*.

— Que peut-il espérer? dis-je à Aristegui en lui désignant le personnage. L'équipage n'est-il pas au complet?

— Un équipage n'est jamais complet, répond-il. Un marin expérimenté est toujours une aide précieuse. Le capitaine, comme les armateurs qui lui confient leur navire, n'a qu'un objectif: remplir au maximum ses cales de poisson.

— Mais cet homme n'est pas de chez nous!

— Nous ne sommes pas non plus chez nous, ici. Nous sommes sur la mer et la mer est aux marins, d'où qu'ils viennent. Les gens de mer ne posent pas trop de questions. T'en a-t-on posé beaucoup, lors de ton engagement?

Aristegui m'adresse un regard pénétrant qui me met mal à l'aise.

— D'ailleurs, reprend-il en affectant de ne pas remarquer mon trouble, nous avons à bord un Portugais, deux Bretons et un Hollandais.

— Parlent-il au moins le basque?

— Aucune chance, fait Aristegui avec un léger sourire. Seuls les Basques parlent basque. Depuis des siècles, Anglais, Français ou Espagnols tentent de nous asservir, de nous dépouiller; ils ont essayé de nous soumettre par la force, mais jamais ils n'ont pu tuer notre langue. Quant à la parler...

— Comment faites-vous pour vous comprendre, alors?

— Nous parlons la langue de la mer, conclut Aristegui.

L'Anglais n'est pas redescendu à terre. Lorsque le *Saint-Jean* appareille de nouveau, pour sa destination finale cette fois, l'équipage compte un membre de plus.

Ce nouveau compagnon est impressionnant. Grand, plus grand que nous tous, blond, et doté d'une paire d'yeux d'un bleu si clair qu'on les croirait taillés dans la mer.

Aristegui, qui est déjà allé discuter avec lui, m'apprend qu'il s'appelle Eriksson. Il n'est pas anglais, comme je l'avais cru, mais danois. Je dois avouer que j'ignore où se trouve son pays.

Le capitaine Goïcoetchea l'a engagé parce qu'il connaît bien, paraît-il, les zones vers lesquelles nous faisons route.

Le *Saint-Jean* longe une nouvelle fois la côte de Cornouailles, qu'il laisse à tribord, et lorsqu'il double un cap qui s'appelle *Le Bout du monde*, je sais que je ne reverrai plus la terre pendant de longs mois.

* * *

Les jours passent avec monotonie. Les vêtements de Joanes me vont parfaitement, et son nom également. Passé la première surprise, j'ai appris à vivre avec ce nouveau nom et je ne sursaute plus lorsque je m'entends appeler «Joanes!»

Jusqu'ici, malgré mes frayeurs constantes, tout s'est donc à peu près bien passé. L'amitié que semble me porter Aristegui vient peut-être de ma ressemblance – que je ne peux pas effacer – avec mon frère. Mais la partie est loin d'être gagnée. Le voyage ne fait que commencer, et je me demande combien de temps encore il sera dupe.

Sur un bateau, il est pratiquement impossible d'avoir le moindre moment d'intimité. Mais si cela n'est pas trop gênant au cours de la journée, l'angoisse de me faire démasquer renaît chaque soir, plus violente à chaque fois.

Les marins ne prennent pas un bain tous les jours, loin de là, mais ils ont des besoins inévitables pour lesquels ils doivent forcément se déshabiller un peu. Là se trouve le problème : il faut bien quelquefois que j'enlève ou que je retrousse mes vêtements. Si à ce moment-là un des hommes de l'équipage apparaissait...

C'est donc une gymnastique particulièrement pénible pour moi que d'effectuer quotidiennement ces besoins corporels. J'ai beau manger et boire le moins possible, je ne peux pas m'y soustraire !

Entre la gêne causée par mes postures et la peur de me faire surprendre, je dois avouer que je ne peux guère prendre soin de moi et que mon état de propreté est loin d'être idéal.

J'appréhende le moment où, quand ils trouveront que je sens trop fort, les matelots me jetteront à l'eau pour se divertir de la monotonie du voyage!

Et quelque chose me dit que ce moment n'est pas loin...

Chapitre 10

⊕

La cale aux rats

La catastrophe vient de se produire!

Depuis plusieurs jours déjà, je me sens mal dans mon corps. J'ai bien tenté de desserrer mes vêtements pour pouvoir respirer plus à l'aise, mais cela me soulage à peine.

Tout à l'heure, alors que je lavais le pont, comme chaque matin, j'ai ressenti de violentes douleurs au ventre. Profitant d'un moment de répit qu'on venait de m'accorder – peut-être le maître d'équipage avait-il remarqué mon malaise? – j'ai discrètement rejoint la cale pour me soustraire aux regards indiscrets.

J'éprouve entre les cuisses une sensation inhabituelle, une moiteur désagréable, comme si j'avais momentanément perdu le contrôle de mon corps. L'incontinence, à mon âge ? Je m'accroupis derrière une rangée de caisses vides pour tenter de voir de quoi il retourne.

Mon entrejambe est humide, vaguement poisseux. Malheureusement je ne dispose d'aucune lumière et je n'ai aucun moyen d'identifier cette humeur.

Il ne peut pas s'agir d'une blessure, extérieurement je n'ai rien. Que se passe-t-il donc ? Une maladie ? La panique s'empare de moi tout d'un coup.

Si je suis vraiment malade, je ne pourrai pas dissimuler bien longtemps mon état et le charpentier du bord, qui fait également office de chirurgien, ne manquera pas de vouloir m'examiner sous toutes les coutures.

Que faire ? Je suis là, en proie à une terreur folle, la culotte aux genoux, dans la posture la plus ridicule qui soit. Autour de moi, il n'y a que la noirceur de la cale, une infecte odeur de moisi et de goudron, et les craquements sinistres des membrures du navire.

Soudain, mon coeur manque de s'arrêter. Une faible lueur vient d'apparaître de l'autre côté des caisses. Quelqu'un vient! Dans ma panique, je ne songe même pas à me rhabiller. Une sueur glacée coule dans mon dos, je n'ose plus bouger.

Un pas lent s'approche des caisses qui me dissimulent encore, pour quelques secondes. La lumière de la lanterne oscille de façon désordonnée, faisant naître tout autour de mon refuge une effrayante sarabande d'ombres menaçantes.

C'est la fin. C'en est fait de moi, de mon voyage, de mes espoirs. Que va-t-on faire de moi à présent? M'enfermer dans cette cale, avec les rats? Je suis à deux doigts de m'évanouir. J'ai trop honte, je voudrais mourir, là, tout de suite, et disparaître...

Enfin les pas s'arrêtent, la lampe s'élève pour donner plus de lumière, et une voix sourde, presque inaudible, murmure:

— Marie-Madeleine? Es-tu ici? Montre-toi, tu n'as rien à craindre...

Marie-Madeleine! Mon sang reflue jusqu'à mon coeur. Qui peut m'appeler par mon véritable prénom sur ce bateau? Ça y est! On m'a découverte!

— Marie-Madeleine, reprend la voix, à la fois impérieuse et frémissante. N'aie pas peur, c'est moi, Aristegui...

Aristegui! Je ne suis donc pas perdue. Pas encore...

Je me relève lentement, sans pouvoir articuler une parole, et je me montre dans le faisceau de la lanterne. Tremblant de tous mes membres, je le regarde, l'air hébété, les mains crispées sur ma culotte que j'essaie tant bien que mal de rajuster.

Mais le choc a été trop fort, je n'en peux plus. Abandonnant toute fierté, je me précipite maladroitement sur lui, entravée par mes vêtements, et me jette en pleurant dans ses bras. Aristegui les referme sur moi, lentement, sans prononcer un mot, et me tient serrée sur sa poitrine.

Enfin, entre deux sanglots, je parviens à bredouiller:

— Tu as deviné depuis longtemps, n'est-ce pas? Et tout le monde sait...

— Personne ne sait rien, fait-il d'une voix rassurante. Pour tous les marins, tous les mousses se ressemblent, tu n'es qu'un jeune apprenti sans expérience auquel on ne prête pas attention. Quant à moi, espérais-tu me tromper longtemps?

— Depuis quand?...

— Depuis le début, pratiquement. Seulement, nous étions déjà en mer, et je ne pouvais pas arrêter le bateau.

— Mais à Southampton, tu pouvais encore me faire débarquer, pourquoi ne pas l'avoir fait ?

— Je pensais pouvoir te protéger. Je le pense toujours, d'ailleurs, même si c'est de plus en plus difficile. Je te surveille depuis que je t'ai reconnue. Et puis, je devine aussi la raison de ta présence sur le bateau, je n'ai pas eu le coeur de t'empêcher...

Je me raidis d'un seul coup en criant :

— Tu sais pourquoi je suis ici, dis-tu ! Tu sais donc quelque chose à propos de Joanes ? J'avais raison, n'est-ce pas ? Il n'est pas mort !

— À vrai dire, je n'en sais rien, dit Aristegui avec cette gêne qui le prend lorsque nous abordons le sujet de mon jumeau. Le capitaine non plus. Personne. Ton frère a disparu à la fin de l'été, c'est tout. Nous ne savons rien de plus.

— Mais pourquoi tant de mystères autour de cette disparition ? Que s'est-il passé exactement ?

— Je t'expliquerai plus tard. De toute façon, tu verras tout ça de tes propres yeux. En attendant, il ne faut pas traîner ici, nous allons nous faire remarquer et ce n'est vraiment pas le moment. Nous devons remonter. Prends ça et rhabille-toi comme il faut.

Et, sans me regarder, il me tend un morceau de tissu. Pour mes larmes ? Le revers de ma manche suffira, je ne suis pas si délicate. Déjà Aristegui me tourne le dos et se dirige vers l'échelle.

— Attends, fais-je en agrippant son bras. Reste encore. Je ne peux pas remonter. Pas maintenant... Je... je ne suis pas bien. Je ne comprends pas ce qui m'arrive... une maladie...

— Tu n'es pas malade, répond Aristegui d'un ton qui n'admet pas de réplique. Tu... tu es une femme, maintenant, tout simplement. Je voudrais pouvoir te l'expliquer mieux que ça mais... je ne suis pas très malin pour ces choses. Je ne suis pas ta mère...

— Je sais bien, mais...

— Écoute, Marie-Madeleine. C'est ainsi, il faut que tu le saches. Chaque mois, la même chose se produira et durera quelques jours. Utilise ce chiffon, il est propre. Tu le laveras discrètement, aussi souvent que nécessaire. C'est tout ce que je peux faire pour t'aider.

« Et sois rassurée, je suis le seul à avoir remarqué ton état. J'ai trouvé ce matin une tache sur ta paillasse et j'ai tout de suite compris ce qui se passait, mais je l'ai nettoyée aussitôt. Veille simplement à ne pas salir tes vêtements à l'avenir. »

Je ne comprends pas très bien ce qu'il a voulu dire, mais j'aurais mauvaise grâce à faire l'entêtée. Pour le moment, je dois garder pour moi mes interrogations et je lui emboîte le pas. Nous remontons sur le pont.

En arrivant en haut de l'échelle, je remarque soudain une tache sur ma main droite. Je m'arrête et l'examine rapidement à la lumière.

C'est du sang !

Chapitre 11

✛

La pêche

C'est dans un état proche de l'affolement que je rejoins Aristegui sur le pont. Immédiatement, il me calme et m'enjoint de retourner à mon travail.

— Je te retrouverai ce soir, dit-il. En attendant, tâche de te faire oublier, mais n'oublie pas toi-même qu'ici, tu t'appelles Joanes.

Ma journée se passe dans une sorte d'abrutissement. Je me jette à corps perdu dans le lavage du pont pour ne pas avoir à penser. Pour ne pas avoir à réfléchir aux conséquences de ma présence sur ce bateau. Pour ne pas avoir le temps de m'apitoyer sur moi-même...

Toute la journée, l'équipage a été en effervescence. Il se prépare quelque chose, je le sens, mais je ne veux pas me laisser distraire. Je ne veux pas me laisser aller.

Résultat, le pont n'a jamais été aussi propre. Les marins s'amusent en me lançant quelques plaisanteries à propos de mon zèle, et le capitaine, pour une fois, a un regard presque aimable pour moi.

En tout cas, je n'ai pas vu passer le temps et, le soir, le corps harassé et la cervelle vide, je m'allonge enfin à mon endroit favori, contre le grand mât.

C'est là qu'Aristegui me retrouve, rêvant sous les étoiles.

— Bonsoir, Mar... euh... Joanes, fait-il à voix basse.

— Je suis déjà habituée à ce nom, lui dis-je. C'est très curieux, d'ailleurs, mais j'ai l'impression que c'est vraiment le mien.

— Ce n'est pas étonnant. Tu es sa jumelle, tu as toujours été si proche de ton frère...

En l'entendant évoquer Joanes, j'oublie d'un seul coup ma fatigue. Aristegui sait quelque chose à son sujet, c'est certain. Va-t-il parler, cette fois?

— Écoute, Joanes, murmure-t-il. Il y a beaucoup de choses que je voudrais t'expliquer, mais le temps va me manquer parce que la pêche va bientôt commencer.

« Et puis, je ne suis sans doute pas la personne indiquée. Je ne suis qu'un marin, je ne suis jamais allé à l'école. Je ne sais pas exactement où se trouve le Grand Banc. Tout ce que je sais, c'est qu'il abrite plus de morue que tu ne peux l'imaginer et qu'il se trouve très loin à l'ouest.

« Cela fait presque un mois que nous avons quitté Southampton et nous y sommes presque. Nous allons rattraper les autres bateaux, et tu vas voir ce que c'est que la pêche, la vraie. Là, tu n'auras plus le temps de penser à autre chose.

— Et mon frère? ne puis-je m'empêcher de demander avec impatience.

— Plus tard, répond Aristegui en détournant le regard. Plus tard. En attendant, je dois te prendre sous mon aile. Le capitaine est satisfait de ton attitude, et il m'a demandé de t'apprendre le métier.

Plus tard! Toujours plus tard! Saurai-je un jour ce qu'est devenu Joanes? Je me sens bouillir de frustration. Cependant, malgré mon dépit, je suis soulagée par la décision

du capitaine de me placer sous la tutelle
d'Aristegui. Au moins, je serai protégée.

* * *

Le lendemain matin, une surprise de
taille m'attend. Sitôt levée, je suis accueillie
sur le pont par un vacarme qui m'est très
familier, mais que je n'ai pas entendu
depuis des semaines : les cris d'oiseaux.

Ils sont là par centaines, par milliers,
tournoyant autour du bateau. Mouettes,
goélands, sternes dansent un ballet
infatigable au-dessus de ma tête. Dans
mon émerveillement, j'en oublie de me
demander ce qu'ils font là, aussi loin de
toute terre.

Sur le pont, comme en réponse à cette
incessante agitation, règne une activité
fébrile. Rien ne reste de l'apparente
indolence des marins. Tous s'affairent
dans une sorte d'euphorie que je ne leur ai
pas encore vue.

Le soleil émerge à peine à l'est. La toile a
été réduite et le bateau se laisse dériver
lentement dans l'air glacé, parmi le
vacarme des oiseaux de mer qui ont pris
possession du ciel. Au loin, j'aperçois

quelques-uns des autres bateaux. La pêche a commencé!

À bâbord comme à tribord, les pêcheurs jettent leurs lignes armées chacune de deux énormes hameçons. La mer grouille de poisson, jamais je n'en ai vu autant.

Aristegui m'appelle aussitôt qu'il m'aperçoit. Il me donne un baquet dont l'anse est attachée à un long cordage. Veut-il que je lave le pont maintenant? J'aurais préféré une ligne, moi aussi.

— Allons, dépêche-toi, fait-il devant ma grimace. Quand il est l'heure de pêcher, tout le monde pêche. Lance ce baquet à l'eau et remonte-le autant de fois que tu le pourras. Ne t'arrête que lorsque tu n'auras plus de bras...

Tout en disant cela, il me tend un vieux chiffon:

— Pour ne pas abîmer tes mains, ajoute-t-il devant mon air étonné.

— Je ne suis pas une dentellière, dis-je fièrement. Je n'ai pas peur de me faire mal aux mains.

— Quand tu auras retiré cent poissons de l'eau, tu n'auras plus de mains du tout, réplique Aristegui. Alors, fais comme je te dis...

* * *

Ai-je mangé, aujourd'hui ? Non, je ne crois pas. Je n'en ai pas eu le temps. Je n'ai même pas faim, d'ailleurs. Je suis brisée, anéantie.

Toute la journée, les pêcheurs ont lancé et remonté des lignes, décroché de leurs hameçons des morues parfois grosses comme des chiens de berger.

Quant à moi, plus de cent fois j'ai jeté mon baquet à l'eau et j'en ai retiré des poissons plus petits. S'arrêter pour déjeuner ? Pas question !

— Quand la pêche est bonne, a dit Aristegui, il faut en profiter. Nous ne savons pas de quoi demain sera fait.

Je ne vois cependant pas ce qui pourrait tarir cette manne : la mer semble couverte de poissons, autant qu'une plage de grains de sable. Aristegui, à lui seul, en a pris près de trois cents. C'est à croire que le bateau vogue sur un tapis de morues !

Vers le soir, fourbue, je pensais pouvoir enfin me reposer. Quelle illusion ! Le plus dur était à venir ! Le poisson pêché, il faut le préparer sans délai sous peine de voir la cargaison pourrir sur place. Alors commence le véritable enfer du pêcheur.

Sur le pont, de chaque côté d'une sorte de longue table, chaque homme est debout dans une barrique qui le protège autant de l'humidité que des viscères de poisson qui s'amassent autour de lui. Un immense tablier, qui recouvre non seulement sa poitrine, mais également le devant du tonneau, complète cet étrange accoutrement.

D'abord viennent les piqueurs, qui éventrent le poisson. Puis les décolleurs, qui lui enlèvent la tête et les entrailles. Ensuite les habilleurs, qui l'ouvrent en deux comme un papillon aux ailes étendues et lui retirent la grosse arête.

Enfin, au bout de la chaîne, l'homme clé de toute cette opération, celui de qui dépend la bonne conservation du poisson et, par conséquent l'avenir de tout l'équipage: le saleur.

La quantité de sel utilisée doit être dosée avec soin. Une erreur d'appréciation dans son travail, et le fruit de toute une campagne de pêche peut être réduit à néant, le navire ne ramenant au port qu'une cargaison à demi pourrie et donc invendable.

Le travail se poursuit tard dans la nuit. Mon rôle consiste à jeter dans un baril les foies que me lancent sans relâche les décolleurs. Ces foies sont précieux. Ils seront conservés à part et serviront à faire de l'huile.

Je suis exténuée, à tel point que je ne ressens même plus la douleur de mes mains rongées par le froid et le sel. Quand a-t-on le temps de se reposer, sur ce bateau? Je ne sais pas; jamais, sans doute, car le lendemain dès l'aube il faut reprendre la pêche, malgré les douleurs cuisantes, les mains rougies et crevassées, le corps rompu...

Quand je n'en peux plus de remonter mon baquet, j'aide les autres pêcheurs à compter leurs prises. La méthode est simple mais infaillible: à chaque poisson remonté à bord on coupe la langue, que l'on met dans un baquet. À la fin de la journée, le nombre de langues indique la performance de chacun.

Au début de la pêche, j'ai assisté à une scène saisissante. N'ayant plus d'appât pour amorcer sa ligne, un marin y a fixé un morceau de tête de poisson et, à mon grand étonnement, l'a vigoureusement lancée en l'air.

Une mouette a aussitôt gobé la friandise au vol et s'est ainsi laissé attraper. Tout a été très rapide. Le matelot a ramené l'oiseau affolé à bord, l'a coincé sous son bras gauche tout en tenant son hameçon de la main droite et, brusquement, il lui a brisé la tête d'un coup de dent.

La mouette a cessé de se débattre et l'homme a sorti son couteau : il avait maintenant de l'appât pour plusieurs lignes.

* * *

Les jours passent ainsi, éreintants et interminables. Aristegui disait vrai : quand la pêche commence, on oublie tout. On finit même par oublier qui on est...

C'est un fait. Pas une fois depuis ma première prise je n'ai eu le temps de penser à ces mystères qui ont été à l'origine de mon embarquement sur le *Saint-Jean* : pourquoi et comment le capitaine Goïcoetchea a-t-il rapporté de sa dernière campagne de la morue sèche et non de la morue salée ? Où le *Saint-Jean* a-t-il abordé ? Où mon frère a-t-il disparu ? Ces inépuisables bancs de poissons sont-ils vraiment la destination ultime de notre voyage ? Et d'où viennent tous ces oiseaux

qui ne cessent de nous suivre depuis le
début de la pêche?

Vaines questions. Aristegui, comme les
autres, n'a en ce moment que la morue en
tête. Il ne me répondra même pas.

Chapitre 12

✠

Terra Nova

Tout le temps qu'a duré la pêche, je n'ai pas eu un seul instant à moi. Jamais non plus je n'ai pu me retrouver seule avec Aristegui.

En revanche, j'ai assisté à des spectacles inoubliables. Inoubliables et terrifiants. Un matin, par exemple, j'ai soudain aperçu à tribord une immense montagne d'un blanc éblouissant.

Une terre? La terre d'où venaient tous ces oiseaux? « Mais où peuvent-ils donc nicher? » ai-je pensé en contemplant cette île immaculée et nue. Pas un arbre, pas un brin d'herbe, pas un signe de vie...

L'île mystérieuse semblait avoir surgi de la mer, comme dans les contes de fée.

Mais, curieusement, les hommes ne paraissaient pas émus par l'étrange apparition. Étais-je donc la seule à l'avoir vue?

— Eh bien! m'a crié Aristegui. Rêves-tu, Joanes? Au travail, le poisson n'attend pas!

— C'est toi qui rêves, Aristegui, a dit alors un vieux marin nommé Aramburu. T'imagines-tu que le gamin en a vu souvent, des montagnes de glace, dans sa vallée?

Et le vieux, tout en pêchant, s'est mis à m'expliquer ces merveilles de la nature que sont les montagnes flottantes. Je n'en revenais pas.

Aramburu est presque un vieillard, petit, sec, mais il est doué d'une agilité et d'une force extraordinaires. Dans sa vie, il a sans doute passé plus de temps sur les bateaux que sur la terre ferme. Il connaît la mer comme sa poche.

Ces montagnes de glace ne sont pas une surprise pour lui. Il m'en a dit les beautés et les dangers, et moi, les yeux ronds comme des billes, je contemplais pendant ce temps l'ahurissante île voyageuse.

Comment ne pas oublier la réalité quotidienne dans de telles conditions? J'en suis

à me demander si je n'ai pas rêvé. Si le
Saint-Jean ne va pas rentrer à Saint-Jean-
de-Luz, les cales regorgeant de morue
salée, sans avoir fait d'autre escale que
celle de Southampton.

Et puis, un matin, le capitaine Goïcoetchea
donne l'ordre de mettre toute la toile.
Depuis quelques jours déjà, le temps est
splendide et c'est sous un beau soleil que
se déroule le travail journalier. Pourtant,
les cales sont loin d'être pleines. Rentrons-
nous déjà?

Non. De nouveau nous mettons le cap à
l'ouest, accompagnés par les oiseaux
criards qui ne nous ont toujours pas
quittés.

Les marins, accablés de fatigue,
profitent de ce calme relatif pour se
reposer, malgré le froid qui persiste en
dépit du soleil. Et une fois de plus je me
pose la question: où allons-nous? Plantée
à l'avant, je scrute l'horizon noyé dans une
brume grise. Mais celui-ci reste muet.

Les marins se sont regroupés sur le pont.
Ils discutent autour d'Eriksson, le matelot
danois embarqué à Southampton. Tous
semblent l'écouter avec une sorte de respect,
ou du moins avec l'attention que peut

porter n'importe quel travailleur compétent à un compagnon plus expérimenté.

J'ignore comment ils se comprennent entre eux. Sur ce bateau on parle basque, français, portugais, breton, hollandais et danois. Sans compter l'anglais, qui sert aux transactions commerciales.

Quoi qu'il en soit, une certaine excitation les anime. Que peut donc raconter Eriksson? Selon Aristegui, cet homme est un descendant des Vikings. Originaire du nord, il en sait sans doute plus que nous tous sur cette mer glaciale et poissonneuse.

Mais je suis trop fatiguée pour être encore curieuse aujourd'hui et, pour la première fois depuis des jours, je sais que je vais pouvoir dormir tout mon soûl. Comme une somnambule, je me dirige vers l'écoutille.

* * *

Dès le lendemain je reprends ma place, à la proue du *Saint-Jean*, rêveuse.

Je rêve à l'Atlantique, la plus grande mer qui soit, au-delà de laquelle, dit-on, il n'y a rien... Mais s'il n'y a rien, si aucune côte ne vient le border, cet océan est-il donc illimité? Ou bien se jette-t-il dans des gouffres sans fond?

Je n'arrive pas à croire qu'il en soit ainsi. Si l'océan se déversait ainsi à l'autre bout du monde, il serait vide depuis longtemps. Aucun véritable marin ne croit à une fable pareille. Alors?

Autrefois, quand nous allions chez Aristegui, Joanes et moi, notre voisin nous régalait d'histoires évoquant des pays verts, des pays de vignes, des pays fantômes situés au-delà de brumes et de glaces mortelles. Des pays protégés par la mer et par le froid, dont la légende s'est perpétuée chez les marins. Aristegui pensait que ces récits avaient été apportés par les navigateurs vikings d'autrefois, qui prétendaient avoir vu les deux bords de l'océan.

Nous y songions souvent, tous les deux, et la décision de mon frère de s'engager à bord du *Saint-Jean* n'était pas, j'imagine, sans rapport avec cette fascination. Nous en parlions fréquemment, mais comme d'un monde irréel dont les visions n'appartenaient qu'à nous.

Puis Joanes, comme beaucoup d'autres garçons de notre âge, n'avait pu résister à l'envie de partir en mer, à l'envie de découvrir ce qu'il y avait de l'autre côté. Il s'était embarqué. Dès lors, je ne l'ai plus vu qu'en rêve.

Alors, ces paysages rudes et noyés de brumes que j'ai entrevus fugacement derrière le visage de mon frère au cours du dernier rêve où je l'ai vu, appartenaient-ils vraiment à cette mystérieuse contrée ?

J'aimerais pouvoir en discuter avec Eriksson, qui semble avoir voyagé jusqu'au bout du monde, mais il ne comprend pas le basque et moi je ne connais aucune autre langue.

La langue de la mer, dont parlait Aristegui ? On ne l'apprend pas, m'a-t-il dit. Elle vient avec le temps, comme les callosités aux mains, chez tous ceux qui naviguent.

Soudain, un cri m'arrache à ma rêverie.

— Terre !

Terre ? Quelle terre ? Est-ce encore une montagne de glace flottante ? Tendue comme la corde d'un arc, je fouille l'horizon du regard.

Non, il ne s'agit pas de glace, cette fois. Là-bas, en effet, là où le ciel et la mer se rejoignent, une mince ligne grise vient d'apparaître.

Les hommes qui paressaient sur le pont se sont levés. Les voilà qui se massent à l'avant. Lentement, très lentement, comme le navire file vers elle, une côte émerge à l'ouest. Une île? Tout à coup, je sens la main d'Aristegui sur mon épaule.

— Cette fois nous y voici, murmure-t-il à mon oreille. Tu vas enfin savoir!

— Que veux-tu dire? fais-je d'une voix étouffée mais vibrante d'espoir contenu. Est-ce là que se trouve Joanes?

— Ce n'est pas ce que je voulais dire, répond Aristegui d'un air embarrassé. Mais tu étais impatiente de savoir comment le *Saint-Jean* pouvait rapporter de la morue sèche de ses voyages, n'est-ce pas?

«Eh bien tu vas entrer dans le secret. Dans ce secret que partagent et protègent les pêcheurs basques. Depuis quelques saisons, déjà, les navires touchent cette terre pendant la campagne. Au début il ne s'agissait que de se réapprovisionner en eau et d'effectuer quelques réparations. Mais l'année dernière, pour la première fois, nous y avons fait sécher la morue systématiquement.

«La terre où nous allons aborder abrite quelques plages sur lesquelles nous pouvons étaler nos prises au soleil. Mais nous gardons le secret pour ne pas mettre la puce à l'oreille des Anglais, qui tenteraient de nous prendre la place.

— Je ne comprends pas. Parles-tu de pêche ou de guerre?

— Les deux, fait Aristegui en riant. La concurrence est très rude. Anglais, Portugais, Hollandais, tous cherchent avidemment des rivages tranquilles et abordables pour y sécher leur poisson. Quand on en trouve un, on ne va pas le clamer sur les toits!

Je comprends maintenant les raisons du mutisme des pêcheurs. Il y va de leur survie. Mais quelle est cette terre? S'agit-il de l'Islande, dont Aristegui m'a déjà parlé, et où vivent peut-être encore les Vikings ou leurs descendants? Et dans ce cas, faudra-t-il se battre avec eux pour débarquer? Ça n'a rien de rassurant. D'après les histoires, ce sont de terribles guerriers.

— Ce n'est pas l'Islande, reprend Aristegui, en réponse à ma question. Eriksson connaît très bien l'Islande. Il est danois, et les Danois la contrôlent depuis une vingtaine d'années.

« D'après lui, les Anglais tentent d'en déloger ses compatriotes depuis plusieurs saisons déjà, sans succès. Il a même déjà participé à l'une de ces batailles. Mais il dit que l'Islande se trouve loin derrière nous, très loin, vers le nord-est.

« Non, il ne s'agit pas de l'Islande. Cette terre que tu vois là est neuve.

— Une terre déserte, alors ?...

— Pas tout à fait. Il y a du monde, ici. Mais ce sont des gens assez bizarres, tu verras. Ils parlent une langue incompréhensible, s'habillent d'une façon étrange, et leur aspect est assez effrayant, parfois.

— Que veux-tu dire ? D'où viennent-ils ? Des Bretons, des Irlandais ?...

— Non. Ils ne ressemblent à personne que je connaisse ou dont j'aie entendu parler. Ils ne viennent pas, comme nous, de l'autre côté de la mer. Ils étaient déjà là quand nous sommes arrivés.

— Mais qui sont-ils ?

— Personne ne le sait. Ils étaient là avant nous, c'est tout. Eux-mêmes se nomment Addabooticks, ou encore Béothuks.

Chapitre 13

✛

Le peuple rouge

J'enrage! Je suis consignée sur le bateau sans que la moindre raison m'ait été donnée.

— Je n'aime pas voir les mousses aller à terre, s'est contenté de me dire le capitaine d'un ton rogue.

J'ai voulu protester mais je me suis tue. Inutile d'attirer son attention sur moi. Il m'a d'ailleurs semblé que le capitaine, en m'interdisant de débarquer, me jetait encore un drôle de regard. Se méfie-t-il de moi? A-t-il peur de me voir m'envoler à mon tour, comme son mousse précédent? Ma ressemblance avec mon frère, son nom, que je lui ai emprunté pour m'embarquer, tout cela n'est-il pour lui qu'une simple coïncidence?

Quoi qu'il en soit, je suis obligée de rester à bord. Mais, pour la première fois depuis le départ de Saint-Jean-de-Luz, j'ai le loisir de me promener sur le pont sans travailler.

Une bonne partie de notre flotille de pêche est à l'ancre. Presque tous les hommes sont à terre, heureux de se retrouver. Accoudée sur le plat-bord, je dois me contenter d'observer la rencontre des capitaines avec ces mystérieux Béothuks dont je ne sais rien, sinon que cette terre est la leur.

Ils sont trois sur la plage, ainsi que quelques enfants. Les hommes sont très grands et ne sont pas armés. Au contraire, ils accueillent mes compagnons avec des gestes graves mais amicaux, mains ouvertes, paumes tournées vers le haut.

Leurs cheveux sont longs et noirs, ornés pour certains de plumes sur la nuque. Ils ne semblent pas frileux et ne portent à la taille qu'une sorte de pagne assez court, en peau. Poitrine, jambes et bras sont nus.

Le plus étonnant, cependant, n'est pas la simplicité de leurs vêtements. Je comprends, en les voyant, pourquoi Aristegui m'a dit qu'ils pouvaient avoir l'air effrayants. J'ai déjà vu des hommes très blancs, comme Eriksson, par exemple, ou plus bronzés, comme ces pèlerins que j'ai rencontrés un jour, partis d'Italie pour aller à Saint-Jacques-de-Compostelle.

Mais les Béothuks ne sont ni blancs ni bruns, ils sont rouges! Leur peau est rouge comme je n'ai jamais vu aucune peau!

— Ces gaillards-là s'enduisent d'une espèce de terre ocreuse de la tête aux pieds, me dit un marin que je n'ai pas entendu approcher. Ils disent que ça leur tient chaud et que ça leur donne meilleure allure!

C'est Aramburu, qui vient s'accouder à côté de moi avec son éternel sourire malicieux.

— Si le curé de Socoa les voyait, ajoute-t-il en ricanant, il dirait qu'ils sortent tout droit de l'Enfer.

Cependant, ces hommes n'ont rien d'infernal. Après les salutations, ils repartent avec le capitaine Goïcoetchea en direction de leurs maisons, de curieuses constructions de forme conique, que je distingue vaguement en arrière de la plage.

— Ils vont discuter et mettre en place les
séchoirs pour le poisson, commente
Aramburu, qui semble décidément prêt à
prendre mon éducation en main. En
échange de quelques outils, ils vont nous
aider à mener à bien toute l'opération sans
perdre de temps et nous pourrons retourner
en mer autant de fois que nécessaire.

Mais je n'écoute qu'à moitié les
explications du vieux. Déjà mon esprit est
ailleurs. Cette plage où sont en train de
jouer des enfants n'est plus pour moi le
lieu où la morue va sécher au soleil et faire
la fortune des armateurs : c'est l'endroit où
mon frère a disparu, c'est l'endroit d'où
part la piste qui me mènera à lui...

Pourtant quelque chose me chiffonne.
La dernière fois que j'ai rêvé de Joanes,
l'automne dernier, son sourire flottait sur
un paysage abrupt et déchiqueté, à
proximité d'un fleuve immense. Rien à
voir avec cette côte basse et pelée presque
dépourvue d'arbres, où dominent les
bruns et les verts. Quant au fleuve, je ne
vois rien qui y ressemble.

Je suis exaspérée d'être bloquée sur ce
bateau. C'est là-bas, derrière ce rivage
triste, que se trouve Joanes, j'en suis

persuadée. La distance qui nous sépare maintenant n'est rien en regard de celle que je viens de parcourir sur l'océan. Vais-je donc échouer, si près du but?

J'essaie d'imaginer ce qu'il y a au-delà de cet horizon. Quel pays s'étend là-bas, et jusqu'où? Et que fais-je donc ici? Ce n'est pas pour pêcher la morue que je suis venue d'aussi loin. C'est pour retrouver mon frère!

J'ignore ce qui lui est arrivé, mais j'ai la certitude que ces hommes rouges le savent. Quoi qu'en pense le capitaine, je dois débarquer et entrer en contact avec eux. Et s'il me l'interdit, je déserterai, même si je dois me jeter à l'eau!

* * *

Toute la journée, les hommes ont travaillé à terre. Je les ai vus monter sur la plage de longues tables à claire-voie, avec des branches et des pieux que les Béothuks semblaient avoir préparés avant notre arrivée.

Aramburu, qui est resté à bord avec moi, m'explique:

— C'est très simple, dit-il. D'abord nous allons débarquer nos caisses, puis il faudra laver la morue verte pour en éliminer toute trace de sel. Ensuite, nous étendrons les poissons fendus en deux sur les claies, peau en dessous pour profiter du soleil.

« Avant la nuit, nous devrons les retourner pour que la peau les protège de l'humidité de la nuit. Au matin nous recommencerons l'opération, et ainsi de suite, pendant quelques semaines, jusqu'à ce que la morue soit parfaitement sèche.

« Seuls quelques hommes resteront ici avec les indigènes. Les autres repartiront à la pêche et l'opération sera répétée plusieurs fois. Et, d'ici à la fin de l'été, les cales auront été remplies. »

J'ai compris : je ferai partie de cette fraction de l'équipage qui ne mettra jamais le pied à terre. Il faudra donc que je m'échappe de ce bateau ce soir même, avant qu'il ne reprenne la mer.

Comment ? Je n'en ai aucune idée. Je ne sais même pas nager !

Lorsque le capitaine remonte à bord, en fin de journée, je remarque qu'il a l'air soucieux. Il me jette un regard étrange, puis disparaît dans sa cabine.

Aristegui, qui ramait dans le canot, est rentré lui aussi. Il s'approche de moi. Sa figure est longue comme un jour de pluie. À son allure gauche et gênée, je devine qu'il n'est pas porteur d'une bonne nouvelle.

Il s'assoit près de moi, sans desserrer les dents. Ce qu'il a à me dire est-il donc si pénible?

— Écoute, Aristegui, lui dis-je d'une voix ferme. Si tu veux m'annoncer que je suis consignée à bord jusqu'à la fin du voyage, il est inutile de tourner autour du pot. Je le sais déjà!

— Ce n'est pas de ça qu'il s'agit, répond-il d'une voix étranglée. Je pensais pouvoir t'apporter une bonne nouvelle. Hélas, ce n'est pas le cas...

— Joanes?

— Il restait une chance. Une chance minuscule. Nous ne voulions pas en parler pour ne pas vous donner, à toi et à ta mère, de faux espoirs.

Je crie:

— Que veux-tu dire? Vous savez où se trouve mon frère? Depuis le début vous le savez!

— Nous ne savions rien avec exactitude, reprend Aristegui, les yeux baissés. Mais nous pensions que les Béothuks savaient.

« L'année dernière, ton frère a passé la saison à terre avec eux pour sécher le poisson. Tout s'est passé à merveille, ils avaient beaucoup d'amitié pour lui et le considéraient presque comme un frère.

« Et puis un jour, au début de l'automne, Joanes s'est embarqué avec un de ses amis à bord d'un canot pour poursuivre des baleines. Une folie. J'étais à bord du *Saint-Jean*, à ce moment-là, en pleine mer. Nous étions aux prises avec des vents comme il en souffle souvent dans cette région. La tempête n'a pas dû tarder à les rejoindre.

« Lorsque nous sommes revenus ici, nous avons appris la nouvelle, mais il était trop tard. Ni Joanes ni son ami n'étaient rentrés. Nous avons fait des recherches, je te le jure, nous n'avons pas ménagé notre peine.

« Hélas ! l'hiver approchait, il fallait repartir. L'hiver est terrible ici, d'après ce qu'on nous a dit. La terre disparaît sous la neige et la glace, la température descend au-delà de ce que nous pouvons imaginer. La mer elle-même gèle, te rends-tu compte ! Nous ne pouvions pas rester.

« Le capitaine, aujourd'hui, a questionné de nouveau le chef du village. En vain. Les deux jeunes ne sont jamais revenus. La mer les a pris. Il n'y a plus d'espoir.»

Plus d'espoir?

C'est faux! ai-je envie de m'écrier. Il y en a, de l'espoir! Je sais, moi, que Joanes a survécu à la tempête. Je l'ai vu!

Ce n'était qu'un rêve, pourrait-on m'objecter. Peut-être, mais j'ai davantage confiance dans mes rêves que dans les capitaines du monde entier...

Mais comment pourrais-je expliquer une chose pareille à Aristegui? Malgré toute l'amitié qu'il me porte, il penserait que c'est la douleur qui m'a privée de ma raison.

Je suis seule. Seule au monde à savoir la vérité: Joanes est là, tout près.

C'est donc seule que je dois aller le retrouver.

Chapitre 14

⊕

Le chemin des baleines

L'été s'achève. Je tourne en rond comme une bête en cage sur ce bateau où je ne suis rien moins que prisonnière.

À plusieurs reprises, j'ai été tentée de me jeter à l'eau et de gagner la côte toute proche, mais je n'ai pas cédé à cette folie. Les eaux sont glacées, par ici, et, ne sachant pas nager, je coulerais à pic.

La pêche, en revanche, va au mieux. Les cales sont pratiquement pleines, et je vois venir le moment où le *Saint-Jean* appareillera pour l'Europe, sans que j'aie eu l'occasion de lui fausser compagnie.

Dans ma rage et mon impuissance, je pense avec amertume à ma mère. Dans quel désespoir vit-elle, depuis de si longs mois?

J'étais bien consciente, en m'engageant sur le *Saint-Jean*, que mon départ lui causerait un chagrin considérable, mais je comptais sur l'immense bonheur que lui apporterait mon retour, avec Joanes retrouvé. Seule cette certitude m'avait donné la force de partir, de l'abandonner alors qu'elle avait déjà perdu fils et mari. Mais maintenant? Jamais je ne pourrai déjouer la vigilance du capitaine, jamais je ne pourrai m'échapper de ce bateau.

Je reviendrai à Socoa bredouille, piteuse. Qui sait si ma mère n'est pas déjà devenue folle? Je n'en peux plus. Chaque nuit, je laisse couler les larmes que j'ai refoulées pendant la journée et je pleure silencieusement, pendant que ronflent les marins.

* * *

Le moment que je redoutais tant est enfin arrivé. Très tôt, ce matin, le capitaine a annoncé le départ pour le jour même. La nouvelle était attendue, mais elle a quand même été accueillie par les cris de joie de l'équipage. Moi seule suis étrangère à ces réjouissances. Et, dans une certaine mesure, Aristegui, qui me surveille du coin de l'oeil et sait tout du chagrin qui me ravage.

Depuis quelques jours déjà, une agitation de fourmis règne sur la plage. Les dernières caisses ont été chargées sur le navire, les séchoirs ont été démontés. Les cales débordent de poisson.

Une dernière fois, le capitaine Goïcoetchea est allé s'entretenir avec le chef des Béothuks, avec de grands gestes en direction de la mer. À quel propos ? Peu m'importe, maintenant. Les secrets de pêche des marins basques ne m'intéressent plus.

Lorsqu'il revient à bord, avec les deux derniers hommes d'équipage, un canot accompagne la chaloupe, manoeuvré par un Béothuk. Un seul canot ? Un seul homme ? Piètre escorte.

Mais, à mon grand étonnement, le capitaine donne l'ordre d'amarrer la légère embarcation au navire. Son unique occupant a noué à sa proue le cordage lancé par un des matelots depuis la poupe du *Saint-Jean*, puis il a suivi le mouvement des marins. Il se tient maintenant sur le pont, près du capitaine Goïcoetchea.

C'est un homme tout jeune. Il est grand, mince et musclé, a les traits fins et les cheveux longs et noirs. Son visage et une grande partie de son corps sont enduits d'ocre, selon la coutume des Béothuks. Quel âge a-t-il? Le mien, peut-être...

Je me demande pourquoi le capitaine l'a fait monter à bord. Veut-il le ramener avec nous à Saint-Jean-de-Luz? Et dans quel but? L'exposer comme un trophée? Non, ça ne lui ressemble pas. Les Basques n'ont pas de ces fiertés mal placées.

Sachant que je n'aurai guère de temps avant le départ, je file à l'arrière pour observer de plus près l'étonnant canot béothuk. C'est une curieuse embarcation, d'un style tout à fait inattendu. Jamais je n'en ai vu de semblable.

La coque, longue d'une dizaine de pieds, est faite d'écorce de bouleau, ce qui est déjà hors du commun. Mais c'est sa structure, surtout, qui est extraordinaire.

Au lieu d'affecter la forme générale d'un croissant aplati, l'embarcation semble constituée par la jonction de deux croissants soudés ensemble bout à bout: la poupe et la proue sont très relevées et les bords, au milieu, s'incurvent fortement vers le haut. À cet endroit, les bordés sont reliés par une fine traverse qui en assure la cohésion et la rigidité.

Je n'ai pas le temps de m'extasier devant l'étrange canot. Le maître d'équipage, avant même de faire hisser les voiles sur l'ordre du capitaine, m'envoie à la cale pour vérifier l'arrimage.

Je m'exécute comme un automate, l'âme en miettes : non seulement je n'ai pas pu retrouver mon frère, mais je ne verrai même pas une dernière fois cette côte disparaître à l'horizon, entraînant avec elle tous mes espoirs.

Désormais je vivrai comme ma mère, comme un fantôme. Une existence sans but, sans couleur, faite de gestes quotidiens dénués d'importance...

Seule dans la cale, j'examine machinalement les caisses tout en écoutant craquer le navire. Je me rends compte avec indifférence que je n'ai même plus peur des rats. Je n'éprouve plus rien, sinon une immense lassitude.

Lorsque je remonte sur le pont, le navire court toutes voiles dehors. Au soleil, il est presque midi. Le soleil ? Voilà qui est curieux. Nous devrions l'avoir légèrement sur notre droite, puisque la côte basque se trouve à l'est. Or nous l'avons dans le dos. C'est clair, nous ne rentrons pas : nous filons droit vers le nord ! Quant aux autres bateaux, ils ont disparu...

Je cherche Aristegui des yeux. Les marins, sur le pont, discutent avec vivacité. Debout à l'avant, ils semblent surveiller la mer comme si quelque chose allait en surgir. À bâbord, on distingue toujours la côte du pays des Béothuks, toute proche.

— Grimpe sur le pavois, Joanes, me dit soudain Aramburu en apparaissant à côté de moi. Tu es le plus léger. Agrippe-toi aux haubans et veille au grain.

— Que se passe-t-il ? Y a-t-il un danger ?

— Un danger ? s'exclame le vieillard en éclatant de rire. Quel danger y a-t-il sur les bateaux ? On meurt davantage sur terre qu'en mer, fiston, crois-en mon expérience ! Non, tu n'as rien à craindre. Tout ce que tu as à faire, c'est ouvrir l'oeil.

La mer, tout autour de nous, est parfaitement calme. Qu'y a-t-il donc à voir de si important ? Je n'ai pas le loisir de le demander à Aramburu. Un cri vient de s'élever de la proue :

— Souffleur ! Souffleur droit devant !

D'un bond je suis sur le bord. Au loin, une espèce de jet de vapeur s'élève de la surface de l'eau. Et puis un autre, et un troisième! Et bientôt, j'entrevois les dos de monstres noirs qui émergent de l'eau, avec une certaine majesté, puis replongent après nous avoir salués d'un coup de leur queue gigantesque.

Des baleines! Je connais ces animaux énormes, j'en ai déjà vu. Il en passe parfois tout près de la côte basque. Les Basques sont d'ailleurs des chasseurs de baleines réputés. Mais autant à la fois!

— Tu n'as encore rien vu, reprend Aramburu. Si nos amis Béothuks disent vrai, les baleines passent dans ces eaux en troupeau. Ils en harponnent eux-mêmes, quelquefois.

«C'est la raison de notre petit détour par ici. Le capitaine ne croit rien qu'il n'ait vu de ses yeux: il voulait vérifier lui-même. C'est une information qui vaudra cher sur toute la côte basque, de Bayonne à Bilbao.»

Le navire continue de voguer vers le nord. Pendant le reste de la journée, je ne me lasse pas d'admirer ces bêtes immenses, aussi longues que notre bateau, mais combien plus gracieuses. Un véritable troupeau. Aramburu disait vrai.

— C'est magnifique, dis-je dans un soupir.

— Magnifique, oui, murmure en écho le vieil homme qui paraît avoir trouvé en moi une oreille toujours disponible. Magnifique, mais périlleux aussi, quelquefois. Notre mousse, l'année dernière, en a fait l'expérience à ses dépens.

— Que veux-tu dire ? dis-je en me redressant brusquement.

Aramburu se mord les lèvres, comme s'il venait de laisser échapper quelque chose qu'il n'aurait pas dû.

— Eh bien, fait-il en bredouillant, le capitaine, l'an passé, a laissé le mousse à terre pour la saison. Il te ressemblait, d'ailleurs, et il s'appelait comme toi. Il aidait au séchage. Les Béothuks s'entendaient bien avec lui, ça facilitait les relations. Seulement, un jour que nous étions en mer, cet écervelé s'est mis en tête de poursuivre des baleines. Il n'est jamais revenu.

— Mais où est-il allé ? fais-je d'une voix sourde, tout en l'agrippant par le col. Le sais-tu ?

— Je n'en sais rien, gémit le vieux en se dégageant. Personne n'en sait rien. Par ici, sans doute. La terre des Béothuks est une île. Il y a un détroit, au nord, avec un fort courant froid. C'est un des passages les plus fréquentés par les baleines. Il a probablement été entraîné par là. L'endroit est dangereux...

Je suis saisie de stupeur. Soudain mes cauchemars me reviennent en mémoire. Joanes luttant contre la mort, dans l'eau glacée, parmi les baleines. Ça ne fait pas l'ombre d'un doute. C'est là qu'il s'est perdu, dans ce détroit dont vient de me parler Aramburu.

— Écoute, Joanes, reprend le vieux matelot, qui se méprend sans doute sur mon expression de détresse. Tu n'as rien à craindre, nous n'irons pas par là. Le capitaine sait maintenant ce qu'il voulait savoir et, dès demain, nous repartirons vers l'ouest.

« À l'aube, le jeune homme qui est monté à bord pour nous guider reprendra son canot et rejoindra les siens. »

Le canot! Ma chance est là, mon unique chance, dans ce léger canot. Cette nuit, je dois en profiter. Cette nuit ou jamais.

Chapitre 15

✛

En route vers Joanes

Le capitaine a fait mettre en panne après le coucher du soleil. Le vent est tombé. Dès demain, le jeune guide remontera dans son canot et le *Saint-Jean* fera route vers l'est. Recroquevillée sur le gaillard d'arrière, à demi dissimulée derrière un énorme rouleau de cordage, je tâche de me faire oublier.

Tout à l'heure, j'ai entendu un des marins confirmer ce qu'Aramburu m'a dit plus tôt dans la journée. Le détroit, qui sépare l'île des Béothuks d'une terre s'étendant plus au nord, est un lieu plein de périls. Les courants y sont forts et le capitaine ne veut pas s'y risquer.

La saison de pêche a été épuisante. Presque tous les marins ont disparu dans l'entrepont. Ceux qui restent sur le pont somnolent, adossés contre le bordage. Personne ne bouge.

Aristegui, quant à lui, doit dormir à l'intérieur. Le pauvre homme est exténué : ayant pris ma formation très au sérieux, il a assuré une double charge de travail.

J'aurais voulu le revoir, lui faire part de ma décision, mais je sais bien qu'il m'empêcherait de la mettre à exécution. Je ne peux compter que sur moi-même.

Une seule silhouette est encore debout à l'avant du bateau : celle de ce garçon dont je ne connais même pas le nom, mais qui va être l'instrument involontaire de mon évasion.

À quoi rêve-t-il, silencieusement tourné vers l'est ? À ce pays dont nous venons, par delà l'océan ? Aux merveilles qu'il croit peut-être s'y trouver à profusion ? S'imagine-t-il que tout est mieux de l'autre côté, espère-t-il qu'un jour il pourra embarquer lui aussi sur le *Saint-Jean* plutôt que dans son canot d'écorce ?

Le canot... Il est là, tout près, derrière moi. Allons, il faut y aller, maintenant, c'est le moment ou jamais. Je me lève prudemment. La nuit est noire. Seule la haute silhouette du Béothuk qui me tourne le dos, à l'avant du bateau, semble hanter le pont désert.

Sans un bruit, après avoir jeté un dernier coup d'oeil à ce bateau que je ne reverrai peut-être jamais, j'enjambe le bastingage, saisis l'amarre du canot et me laisse glisser jusqu'à lui.

Debout dans la légère embarcation, je retrouve avec plaisir le contact avec la mer, un contact plus proche, plus physique que celui qu'on éprouve sur un navire de la taille du *Saint-Jean*. Cela me rappelle les virées de pêche que nous faisions autrefois, avec Joanes, le long de la côte basque.

La différence, c'est qu'ici la mer est glacée. Je suis transie. Le fond du canot est jonché de fourrures épaisses. Parfait. Je serai protégée du froid et des regards. Je me pelotonne en dessous et me prépare à passer la nuit.

J'ai pris la précaution, tout à l'heure, avant de remonter sur le pont, de rouler une pièce de toile sous la couverture qui me sert de lit. Avec de la chance, personne n'aura noté mon absence avant le départ du Béothuk. Et puis, le mousse n'est pas nécessaire à la manoeuvre des voiles, on ne me cherchera donc pas tout de suite.

Luttant contre le froid et le sommeil, je repense aux propos d'Aramburu sur le détroit des baleines. Il y a d'autres terres, au-delà de l'île des Béothuks. Il l'a dit sans passion, sans paraître éprouver la moindre curiosité. C'est incroyable : tout un monde inconnu se trouve là, à portée de main, une terre nouvelle, et personne ne songe même à l'explorer ?

C'est qu'Aramburu est un pêcheur, tout comme le capitaine Goïcoetchea, Aristegui et les autres. Seul compte pour eux le poisson, car c'est ce qui les fait vivre. Qu'un continent entier puisse exister au-delà de ces grèves presque désertes ne les intéresse pas. Les Basques ne sont ni des conquérants ni des colonisateurs.

Loin de moi l'idée de conquérir quoi que ce soit. Cependant, je me sens attirée par ce pays mystérieux que je devine immense. Et je suis persuadée que Joanes a éprouvé le même sentiment, et que c'est pour cette raison qu'il est parti en canot. Les baleines n'ont été qu'un prétexte.

Je ressens le même appel que lui, la même attirance vers l'inconnu. Je porte les vêtements de mon frère, je porte son nom, et, avec un an d'écart, je suis en train de revivre son voyage! Quand je sombre enfin dans le sommeil, j'ai la sensation curieuse de n'être plus tout à fait moi-même.

* * *

Je suis réveillée en sursaut par un brusque mouvement du canot, qui se met à tanguer violemment. Quelqu'un vient de sauter à bord! C'est lui, le Béothuk! Je n'ose pas faire un geste, pas même respirer. Si on me découvre maintenant, c'en est fini de tous mes espoirs.

Des voix, au-dessus de moi, lancent de vagues salutations. Le jeune Béothuk, à l'autre bout de la pirogue, doit être en train d'en détacher l'amarre. Puis la voix rocailleuse du maître d'équipage ordonne de remonter le cordage et, enfin, le capitaine Goïcoetchea s'écrie:

— Hissez les voiles!

De ma cachette, j'entends les cris des marins grimpant dans le gréement, le claquement de la toile se déployant au vent, les gémissements des membrures du bateau qui se met en mouvement. Le vent est léger, mais ces bruits familiers s'éloignent assez vite et, bientôt, ne me parviennent plus que les cris des oiseaux de mer.

À l'avant, le jeune homme a dû se mettre debout, si j'en juge par les oscillations du canot. Sans doute salue-t-il une dernière fois le *Saint-Jean* qui vogue définitivement vers l'est.

Je me dispose à rejeter enfin la fourrure qui me dissimule lorsqu'un cri s'élève :

— *Agur !*

Agur ! Adieu ! Je suis stupéfaite. L'homme qui se trouve avec moi sur cette minuscule embarcation n'est donc pas un Béothuk, puisqu'il vient de s'exprimer en basque ! Mais alors, qui est à bord ?

Chapitre 16

⊕

Guashawith

Je ne sais plus que penser. Qui d'autre que le guide béothuk peut avoir embarqué dans ce canot ? C'est impossible, ce ne peut être que lui. Et personne n'est monté avec lui, je l'aurais senti.

La pirogue file maintenant rapidement. J'entends le frottement de l'eau contre la coque, tout près de mon oreille.

Tant pis, je vais risquer un oeil à l'extérieur. De toute façon, je ne vais pas tarder à être découverte. Lentement, je repousse la fourrure qui me recouvre. J'imagine la surprise du jeune homme qui voit ces peaux bouger d'elles-mêmes au fond de son canot. Le bruit de la pagaie cesse tout à coup.

Alors je relève complètement la tête et ma figure apparaît à la pleine lumière. Le soleil est déjà vif et je dois fermer à demi les yeux pour ne pas être éblouie. Je ne discerne à l'arrière, à contre-jour, que l'ombre du rameur se découpant dans la lumière.

Celui-ci reste parfaitement immobile, sidéré par mon apparition. Je distingue maintenant son visage, sa bouche entrouverte. Son regard exprime à la fois la stupeur la plus complète, l'émerveillement et, à ce qu'il me semble, une sorte de peur incontrôlée.

Et pourtant, quelle terreur puis-je lui inspirer, moi qui ne lui arrive pas à l'épaule ? Quand on est capable de naviguer seul en pleine mer sur une embarcation aussi frêle, on ne s'effraie pas de la vue d'un simple mousse.

Je me redresse tout à fait et m'assois à l'avant du canot, essayant de me donner, malgré l'étrangeté de la situation, une allure naturelle et affable. Là-bas, à l'horizon, le *Saint-Jean* n'est plus qu'une voile minuscule que la houle masque et démasque alternativement. Le jeune Béothuk me dévisage toujours, d'un air incrédule, comme si je venais de surgir de la mer.

Ses yeux vont de mon visage à mes mains, remontent, m'examinent de la tête aux pieds. Puis, toujours sans dire un mot, il se penche légèrement et tend le bras vers moi. Avec une sorte d'appréhension, il touche une de mes mains, la prend, la caresse. Enfin il se redresse et me sourit, découvrant une rangée de dents éblouissantes.

— Joanes! fait-il alors dans un murmure où toute trace de peur est maintenant absente. Joanes, tu es revenu...

C'est à mon tour d'ouvrir des yeux ronds. Joanes! Ce garçon me prend pour mon frère! Et il parle basque!

Bien sûr, c'est évident. Il ne pouvait pas me prendre pour le roi d'Angleterre! Depuis des mois que je vis dans la peau de mon frère jumeau, je me suis fondue en lui, je me suis identifiée à lui, je suis *devenue* lui! Quant à la langue basque, qui d'autre que lui-même a pu l'apprendre à ce jeune homme?

Il n'y a rien d'étonnant dans tout ça, finalement. Joanes a vécu parmi ces gens pendant de longs mois avant de disparaître. Ils ont parlé, travaillé ensemble, rêvé, fait des projets, peut-être. Et, un beau jour, Joanes est parti en mer. Et voilà qu'il réapparaît sans prévenir dans ce léger canot, comme par miracle...

Que peut-il se passer dans la tête de ce garçon qui me dévore des yeux ? Me croit-il revenu d'entre les morts, ou pense-t-il tout simplement qu'après la tempête j'ai été sauvé par les marins du *Saint-Jean* ?

C'est difficile à croire. Le capitaine Goïcoetchea a interrogé à plusieurs reprises le chef du village. Les gens de l'île savent donc que Joanes n'est jamais revenu. Alors, les Béothuks croient-ils aux fantômes et aux revenants ? Pensent-ils que nous avons plusieurs vies et que nous pouvons recommencer ce qui n'a pas été achevé ?

Mon nouveau compagnon, à vrai dire, ne semble pas torturé par ces questions. Il se contente de me contempler en souriant, comme on regarde un ami qu'on a quitté la veille.

Cependant, s'il ne fait pas de doute pour lui que je suis Joanes, j'ignore, moi, qui il est. Est-ce lui l'ami de mon frère, celui qui est imprudemment parti avec lui alors que la tempête menaçait ? Non, je ne crois pas. Le capitaine Goïcoetchea l'aurait interrogé, on en aurait su davantage sur le sort de Joanes, Aristegui m'aurait mise au courant.

C'est un ami de l'ami, plutôt, un cousin, un frère, peut-être... Que puis-je faire ? Le détromper ? Je devrais. Je devrais lui avouer que je ne suis pas Joanes mais sa soeur, que mon frère, contrairement à ce qu'il vient de me dire, n'est pas revenu, que je le cherche toujours, et que je suis plus que jamais décidée à le trouver.

Et, pourtant, je ne dis rien. Je me contente de lui rendre son sourire en hochant la tête, comme pour signifier : «Oui, c'est bien moi, me revoilà!»

Pourquoi est-ce que j'agis de la sorte ? Je n'en sais rien. Inexplicablement, sur ces eaux glacées, je me sens en terrain connu. Je me sens bien dans la peau de Joanes, si bien que je n'ai plus envie de la quitter. J'empoigne une pagaie et me retourne vers l'avant.

— Nous rentrons ? dit le garçon dans mon dos. Ramons...

Nos pagaies s'enfoncent simultanément dans l'eau. Cet exercice arrive à point, je commençais à sentir le froid jusque dans mes os.

Le canot file légèrement sur les vagues. Dans mon dos, mon compagnon fredonne dans sa langue une chanson qui rythme nos efforts. Et, devant moi, le rivage rocheux de l'île des Béothuks se précise lentement à travers la brume du matin. Nous piquons maintenant vers le sud, laissant en arrière le fameux détroit des baleines aux courants redoutables.

Je rame vigoureusement, toute à ma hâte de débarquer enfin. Et pourtant, curieusement, un malaise inattendu s'empare de moi. Je sens que je touche au but, après ces mois d'errance et d'incertitude, mais en même temps j'ai le sentiment de faire fausse route.

Soudain, je retire ma pagaie de l'eau, refusant, contre toute raison, d'aller plus loin.

— Fatigué ?

— Non, je ne suis pas fatigué, dis-je à voix basse. Mais ce n'est pas par là que je dois aller...

— Pas par là ? reprend le garçon, surpris.

Je me lève pour examiner l'horizon. Le soleil découpe clairement la côte sombre et nue. Au sud-ouest se trouvent les plages sur lesquelles les matelots du *Saint-Jean* ont passé une partie de l'été.

Puis je me tourne lentement vers le nord, une main en visière, tout en essayant de ne pas perdre l'équilibre. La pointe nord de l'île et, plus loin, cette autre côte... Je devine les eaux froides descendues du pôle, qui s'engouffrent dans cet étroit passage. Et soudain, un violent pressentiment m'étreint : c'est là...

Quel sixième sens me donne cette certitude ? Je n'en sais rien. Je ne peux pas me l'expliquer, mais c'est plus fort que moi : c'est le chemin qu'a suivi Joanes il y a un an, j'en suis convaincue. Et c'est celui que je vais suivre à mon tour.

Mon compagnon m'observe, intrigué, attendant ma réponse. Je me rends compte que je n'ai pas prononcé deux phrases depuis que nous sommes ensemble dans ce minuscule canot. Mon frère se montrait-il aussi taciturne ? Je ne crois pas, et je sens que mon silence inquiète un peu le jeune homme.

— Mon frère Dogajavik n'est pas venu avec toi ? dit enfin mon compagnon. Guashawith aurait bien aimé le revoir, lui aussi. Pourquoi n'est-il pas venu avec toi ?

Dogajavik? Voilà donc le nom du garçon qui a accompagné Joanes dans son dernier voyage. Et celui-ci, Guashawith, est son frère! Alors, puisque nous nous trouvons dans la même situation, il n'y a qu'une chose à faire. Je pointe mon bras vers le nord et je lui réponds, sans autre explication:

— Dogajavik n'est pas avec moi. Il est resté là-bas.

Chapitre 17

De l'autre côté du fleuve

— Joanes?

— Oui?

— Par là, ce n'est pas bon.

— Je sais, mais c'est là que je dois aller.

Il est midi passé et nous pagayons comme des forcenés. De toute la matinée, à part ces quelques paroles, nous n'avons pas échangé un mot.

Je sens que Guashawith est inquiet, mais qu'il n'ose pas parler. L'idée qu'il va revoir son frère vainc sans doute ses appréhensions. Quant à moi, je ne sais pas ce que je pourrais lui dire de plus. Sur une impulsion, j'ai affirmé que son frère était là-bas. Je ne peux rien faire d'autre.

Ce garçon me fait confiance, c'est évident, puisqu'il a accepté de tourner le dos à son village, à sa famille pour me suivre. Mais ne suis-je pas en train de le tromper, de l'entraîner dans une aventure incertaine, dangereuse, tout comme Joanes a peut-être entraîné son frère l'année passée?

Pourtant je suis sûre d'être sur la bonne voie. *Je le sens*! Mais cette certitude ne me vient ni de la raison ni même de l'amour que je porte à mon frère. Elle vient d'ailleurs, d'un monde différent dans lequel Joanes et moi sommes une seule et même personne, et auquel nous seuls avons accès.

Comment pourrais-je expliquer une chose pareille à Guashawith? Peut-il avoir eu avec son frère les mêmes relations que moi avec le mien? Non, sans doute, sinon il l'aurait déjà retrouvé. Je n'ai donc d'autre ressource que celle de me taire.

Nous avons atteint l'extrême pointe nord de l'île et obliquons maintenant vers la gauche. Jamais aucun vaisseau, venu de notre vieux continent, ne s'est trouvé aussi loin à l'ouest.

Déjà le courant dont Aramburu m'a parlé fait sentir ses effets. Davantage que nos propres efforts, c'est ce flux d'eau glaciale qui entraîne maintenant le canot.

Guashawith est un barreur hors pair. Manifestement, il est habitué à naviguer dans ces eaux redoutables, il sait prendre les vagues sans embarquer le moindre paquet de mer ni mettre la pirogue en péril.

C'est une embarcation remarquablement conçue pour la navigation en mer. La forme si particulière de la quille me rappelle, je ne sais pourquoi, les vaisseaux qu'utilisaient les Vikings. Ces marins de jadis ont-ils laissé ici leur marque, comme ils l'ont fait au Pays basque?

Sur notre gauche, la côte sinistre et déchiquetée défile lentement. Pour ma part, j'ai cessé de pagayer. Oubliant mon compagnon, je me laisse envoûter par ce paysage désolé et battu par les vents, ce paysage que je contemple pour la première fois mais que, tout au fond de moi, j'ai l'impression de connaître déjà.

L'après-midi est à peine entamé. Cependant, le froid tombe déjà sur nous, comme s'il allait faire nuit. Une brume légère commence à flotter sur l'eau, s'épaississant au fur et à mesure de notre

avance. Et bientôt la côte disparaît, avalée
par ce brouillard glacé.

— Il faut rentrer, dit Guashawith en
frissonnant.

Rentrer? Comment faire? Nous sommes
noyés maintenant dans une couche
impénétrable et cotonneuse. De plus, je me
rends compte que l'eau tournoie curieusement autour de nous : nous voilà pris
dans des remous. Où se trouve la terre?

Subitement, je comprends où nous
sommes! Je comprends pourquoi le
courant s'est changé en tourbillon. Le
fleuve! Ce fleuve immense que j'ai vu en
rêve à Socoa et sur lequel flottait le visage
de mon frère. C'est lui qui lutte contre le
courant venant de l'est et provoque dans
ce détroit les mouvements désordonnés de
l'eau.

Nous y sommes donc! C'est ici que
Joanes a disparu, dans ce passage dangereux que les pêcheurs n'ont pas encore
osé affronter. Et si les Béothuks n'ont pas
retrouvé Joanes et Dogajavik, c'est pour
une raison bien simple : chassés par le vent
et les courants, mon frère et son ami n'ont
pas pu reprendre pied sur l'île. Ils sont sur
l'autre rive du fleuve!

Mais déjà Guashawith a repris sa pagaie et semble diriger le canot sans hésitation malgré la brume.

— Aide-moi, crie-t-il dans mon dos. Il ne faut pas rester ici. Rame !

— D'accord, mais tu te trompes de direction.

— Je me trompe ? Non, je ne me trompe pas. Le village est par là.

— Il est par là, sans doute. Mais si tu veux revoir ton frère, il faut aller dans l'autre sens.

— De l'autre côté de la grande rivière ? s'écrie Guashawith avec inquiétude.

Puis il reprend, d'une voix étranglée :

— C'est mauvais. Très mauvais. Il y a les Ashwans, là-bas, et ils ne sont pas nos amis...

Les Ashwans ? Guashawith a du mal à m'expliquer. Les Ashwans sont des hommes, d'après ce que je peux comprendre de ses explications embrouillées, mais des hommes différents, appartenant à un autre peuple, et qui vivent beaucoup plus loin dans le nord. Il dit qu'ils mangent de la chair crue, qu'ils marchent à quatre pattes comme les ours, et qu'il ne les aime pas. Qu'importe. Je ne cherche pas les hommes, j'en cherche un seul, et rien ne m'en détournera.

Ma détermination a vite raison des réticences de Guashawith. Plus vite que je ne pensais. Quel ascendant mon frère avait-il donc sur ces jeunes garçons pour que celui-ci, me prenant pour lui, discute aussi peu mes directives alors qu'elles vont si manifestement à l'encontre de ses propres peurs ?

Je suis gelée. Il ne faut pas rester là, sinon ce brouillard glacé nous tuera. Nous saisissons les pagaies et nous repartons. Il est inutile de lutter contre le courant, nous nous épuiserions pour rien. Nous faisons ce que j'aurais fait si j'avais été Joanes : nous nous laissons entraîner, nos coups de rame ne nous servant qu'à nous rapprocher de la côte nord.

* * *

La nuit est tombée sans que le brouillard se soit levé. Épuisée, je laisse tomber ma pagaie au fond du canot et me recroqueville au fond. Guashawith prend alors les fourrures et les étend sur moi, n'en gardant qu'une seule pour lui. Puis, accroupi près de moi, il se met à chanter doucement dans l'obscurité, dans sa langue aux sonorités si curieuses.

L'engourdissement me gagne, je me laisse bercer par le chant de Guashawith. Maintenant que je me sens si proche de lui, je voudrais recevoir de Joanes un message, un appel, un signe.

Depuis longtemps déjà mes rêves ont cessé et j'ai perdu le contact. Et pourtant, ma conviction que je vais le retrouver n'en est pas amoindrie, car je le sens plus présent que jamais; non pas plus près de moi, mais, comment dire, *en moi*. Je n'éprouve presque plus ce sentiment de séparation, de perte irrémédiable qui m'avait tant désespérée après mon premier cauchemar. Je ne me sens plus amputée...

Le sommeil a finalement raison de moi. Lorsque je me réveille enfin, dans le matin glacé, Guashawith est endormi, pelotonné contre moi, la tête sur mon épaule. Tout autour de nous, le brouillard luminescent nous isole toujours du reste du monde.

Dans quel sens devons-nous pagayer, maintenant? Qui sait dans quelle direction le courant, le vent ou la marée ont fait dériver le canot?

Guashawith se réveille à son tour. Il me sourit, puis regarde autour de lui. Que faire ?

— Il faut attendre, dit-il, comme s'il devinait mes pensées.

— Attendre ? Attendre quoi ?

— Le soleil, réplique calmement Guashawith.

Puis il se met à chanter de nouveau, mais cette fois je reconnais immédiatement un chant de mon pays, un chant en langue basque, qui parle de la montagne et des palombes qui la traversent chaque année avant l'hiver, pour aller vers le sud. Aussitôt je me mets à chanter avec lui, les larmes aux yeux, oubliant le brouillard qui nous enveloppe.

Quand se termine cet étrange duo, Guashawith pose son bras sur mon épaule en riant et me dit :

— Tu vois, je n'ai pas oublié.

— Je t'en apprendrai d'autres, et toi aussi, tu m'apprendras tes chansons.

* * *

Le brouillard s'est enfin levé. Le soleil n'est encore qu'un rond blême juste au-dessus de l'horizon, mais sa lumière est suffisante pour dévoiler, vers le nord, une côte rocheuse et déchiquetée plongeant brusquement dans l'eau sombre.

Mon coeur s'emballe. Cette fois, je reconnais nettement le paysage gris au-dessus duquel m'est apparu pour la dernière fois le visage de mon frère.

À force de pagayer, nous parvenons rapidement au pied de ces rochers. Le site n'est guère accueillant : granit, rocs vertigineux, escarpements à pic. Ne poussent ici que quelques plantes chétives et épineuses, de celles qu'on ne trouve que dans les endroits les moins hospitaliers, désertés par les fleurs autant que par les arbres.

Je me demande comment Joanes a pu prendre pied dans un lieu aussi difficilement accessible. Après un moment de flottement, je décide de suivre mon instinct. Nous laissons dériver le canot vers l'ouest, pagayant mollement. J'attends le signe, le déclic irraisonné qui voudra dire : c'est là !

La faim, maintenant, s'ajoute au froid pour me torturer. Qu'importe, je touche au but, je peux bien attendre un peu. Je me retourne. Guashawith, tout en dirigeant machinalement le canot, scrute attentivement la côte. Guette-t-il ces fameux Ashwans qu'il paraît tant redouter ?

Le temps ne passe pas. Bien que la mer soit calme et le soleil haut, j'ai dans la tête des images de tempête et de naufrage. Je vois Joanes luttant contre les vagues, s'accrochant désespérément à des morceaux de bois. J'imagine aussi son ami, Dogajavik, en train de le soutenir. Aramburu m'a dit que, contrairement à nous, la plupart des Béothuks savent nager.

Et puis, au milieu de ces tourbillons dévorants, de ces vents assassins, apparaît l'image d'une petite crique dans laquelle les eaux paraissent plus calmes.

Je sors brusquement de ma rêverie au moment où Guashawith pousse un cri en me montrant un point de la côte.

Sur notre droite, derrière un éperon rocheux qui nous la masquait jusqu'ici, j'aperçois une crique semblable à celle dont je viens de rêver. Mon sang se met à circuler plus vite, je le sens envahir mon visage.

C'est là !

Chapitre 18

✛

Le médaillon de mon frère

La crique est minuscule. Une étroite
plage de galets, coincée entre l'eau et la
falaise. L'abri paraît bien précaire en cas de
tempête, mais il semble que l'on puisse
grimper assez facilement parmi les rochers
pour y trouver refuge.

Je suis tellement fébrile, en sautant sur
la grève, que je ne me rends pas compte
tout de suite de l'importance de ce
moment. Qui d'autre, avant moi, venant
de l'autre côté de la grande mer, a mis les
pieds sur cette terre ? Pourtant oui,
quelqu'un est venu, bien sûr. Joanes...

Une exclamation de Guashawith attire
soudain mon attention. Le garçon est

agenouillé parmi les éboulements, au pied de la falaise, quelque chose entre les mains. Je m'approche. C'est un morceau d'écorce de bouleau, assez large, sur lequel on peut encore distinguer des traces de couture.

Guashawith se relève, l'air inquiet. Bien sûr, ce vestige montre qu'un canot s'est échoué ici, mais il paraît si ancien... Que sont devenus Joanes et Dogajavik? Comment ont-ils survécu pendant tout ce temps, sur cette côte apparemment aussi dénuée de ressources? La plage ne nous apprendra rien de plus. Il est évident que nos frères n'ont pas pu rester ici.

Une sorte de faille, encombrée d'éboulis, semble grimper jusqu'au sommet. C'est par là que je me dirigerais, si je me retrouvais naufragée ici. Guashawith est de mon avis, et nous entreprenons l'ascension sans tarder.

L'endroit est plutôt hostile. Les pierres roulent sous nos pieds, les seules plantes qui acceptent de pousser sont des espèces de ronces qui nous déchirent les jambes. Mais c'est contre le froid, surtout, que je suis désarmée, et je dois faire d'énormes efforts pour surmonter ma faiblesse.

Soudain Guashawith s'arrête. Ses yeux sont fixés sur un point situé au-dessus de nos têtes. Je regarde à mon tour, mais ne remarque rien d'autre qu'une sorte de brèche ouverte dans la muraille.

Bien sûr, cette anfractuosité est peut-être plus grande qu'elle n'y paraît et elle aurait pu servir de refuge, mais elle est si inaccessible que cette idée ne me semble pas raisonnable. Et pourtant... Je réprime un frisson.

Guashawith, pour sa part, refuse de se remettre en marche. Son regard est fixe, et j'y lis maintenant la peur.

— Que se passe-t-il ? fais-je dans un murmure. As-tu vu quelque chose ?

— Mauvais, se contente-t-il de répondre. Il faut repartir.

De nouveau j'examine cette ouverture sombre dans les rochers. Une profonde angoisse me prend soudain à la gorge. J'ai l'impression qu'un froid mortel se déverse du trou.

Et pourtant, une pulsion irrépressible me pousse vers cet oeil noir ouvert dans la roche. Déjà je sais que ce qui m'y attend me glacera d'horreur, mais je dois poursuivre. C'est pour ça que je suis venue...

Sans écouter les injonctions de Guashawith, je m'élance dans les rochers, m'écorchant les mains et les genoux, ne ressentant même plus la morsure du froid ni celle des plantes épineuses.

Jamais je ne me suis livrée à de telles acrobaties, jamais je ne m'en serais crue capable. Mais rien ne m'arrêtera maintenant : Joanes est là, plus rien ne pourra m'empêcher de le rejoindre ! Enfin, après un ultime effort, je parviens à prendre pied sur l'étroit rebord qui donne accès à la grotte.

— N'entre pas ! hurle Guashawith. C'est une tombe !

Trop tard. J'y suis. Une puanteur atroce m'accueille, une odeur de mort et de putréfaction. Malgré la nausée je ne recule pas.

Mes yeux s'accoutument à l'ombre et je distingue maintenant, dans la demi-obscurité, un corps recroquevillé auprès d'un amas de branchages secs. Je m'approche, surmontant ma répulsion, et m'agenouille auprès du cadavre. Il est méconnaissable, bien sûr, mais ce n'est pas celui de Joanes.

C'est celui d'un garçon beaucoup plus grand que lui, et ses longs cheveux noirs m'indiquent qu'il ne peut s'agir que de Dogajavik. Avec sa lance coincée entre ses doigts crispés, il a l'air d'un veilleur endormi pour toujours auprès de son trésor. Un trésor dissimulé sous de maigres branches mortes, rapportées ici au prix de quels efforts ?

Fébrilement, j'écarte cette protection dérisoire. Sous les maigres rameaux, des branches plus longues forment un entrelacs recouvrant une excavation naturelle peu profonde. Un corps s'y trouve allongé.

Je ferme les yeux, anéantie, brisée. Je n'ai eu le temps de reconnaître qu'une chose : autour du cou de mon frère, un lacet de cuir avec une médaille, la médaille que je lui ai donnée le jour de son départ en mer.

Quand je retrouve Guashawith, plus tard, je suis pâle comme un spectre. Combien de temps ai-je passé là-haut ? Je ne sais pas. J'ai reconstruit la sépulture après y avoir poussé le corps de Dogajavik, puis j'ai passé le lacet de Joanes à mon cou. Le médaillon portant la croix basque resplendit de nouveau au soleil.

Là-haut, les deux amis reposent côte à côte, pour toujours. Nous n'avons plus rien à faire ici.

Chapitre 19

✛

Réunis

J'ai menti. Je dois continuer à mentir. Mais que puis-je faire d'autre?

J'ai dit à Guashawith que son frère reposait à présent en paix. Le garçon a tenté de dissimuler sa douleur, mais je l'ai devinée quand même, aiguë et ravageuse, derrière ses yeux mi-clos.

Cependant, je n'ai pas ajouté que Joanes gisait également avec Dogajavik. Me voici donc définitivement prisonnière de ma nouvelle identité.

Prisonnière? Non, ce n'est pas ainsi que je le ressens. Même si je le pouvais, je ne voudrais pas revenir en arrière. C'est trop tard.

Dans le canot qui nous ramène vers l'île des Béothuks, c'est Guashawith qui a repris la direction des opérations. Je suis absente. Le temps est clair aujourd'hui, et la traversée du détroit ne lui posera pas trop de problèmes. Nous allons contourner la pointe nord de l'île, suivre la côte, et nous retrouverons bientôt son village.

J'y serai Joanes, même si j'ai du mal à expliquer ce qui m'est arrivé ces derniers mois. Je ne mentirai pas beaucoup en disant que tout se mélange dans ma tête.

Tout en pagayant machinalement, je me demande ce que sera ma vie dans cette île qui attend l'hiver comme on attend son bourreau. Vais-je guetter le retour du *Saint-Jean* ? Peut-être. À vrai dire, je n'ai aucun projet, sinon celui de continuer à respirer.

Et, maintenant seulement, en écoutant crier au-dessus de nos têtes les innombrables oiseaux de mer, je comprends pourquoi je n'ai jamais perçu la mort de mon frère, alors que j'ai toujours été capable de ressentir toutes ses émotions en même temps que lui. C'est que, dans le fond, Joanes n'est pas mort. Il n'est jamais mort. Il vit à travers moi, il vit en moi. Je *suis* Joanes! Je suis *à la fois* Joanes et Marie-Madeleine, et je me rends compte que j'ai atteint mon but : nous nous sommes retrouvés!

Quelques commentaires
sur cette histoire

Les pêcheurs basques sont-ils parvenus en vue des côtes du Canada avant la reconnaissance de l'île (Terre-Neuve) par Jean Cabot en 1497? Même s'il n'est pas possible de le prouver, le fait est cependant plausible, pour ne pas dire probable.

Les navires de la fin du XIVe siècle pouvaient s'aventurer dans de longues traversées. Les pêcheurs basques de cette époque, qui ne pouvaient pas aborder l'Islande, tenue par les Danois, ni pêcher sur les bancs revendiqués par les Anglais, se sont peut-être alors détournés vers des zones de pêche situées plus à l'ouest.

Sur ce sujet, les amateurs pourront consulter l'association ITSAS BEGIA, à Ciboure, au Pays basque, qui se consacre à l'histoire maritime des Basques.

En ce qui concerne les premiers habitants connus de Terre-Neuve, les Indiens béothuks – qui se nommaient eux-mêmes Addabootick («nous sommes rouges») –, on sait peu de chose de leur origine. Leur langue, dont on n'a conservé qu'un vocabulaire d'environ 300 mots, ne ressemblait pas à celles des peuples voisins, Micmacs ou Inuits (ils appelaient ces derniers Ashwans). La dernière Béothuk, une femme nommée Shanawdithit, mourut à St. John's en 1829.

Table des matières

La collection Grande Nature :

LA DÉRIVE
Nicole M.-Boisvert
Annette, désespérée après la mort de Mathieu, s'embarque pour l'inconnu à bord d'un petit voilier. Dans son coeur, la réalité exaltante du voyage se heurte à ses tristes souvenirs. Mais la Vie, pleine de richesses et de dangers, a raison de tout. Même du plus grand des chagrins.

LA PROIE DES VAUTOURS
Sylvia Sikundar
La sécheresse sévit en Afrique. Qui doit-on aider en premier ? La population affamée ou les animaux de la savane décimés par les braconniers? Un récit d'aventure et de mystère qui affronte un profond dilemme de l'humanité.

COUPS DE COEUR
Nicole M.-Boisvert
Christiane Duchesne
Michèle Marineau
Michel Noël
Sonia Sarfati
Cinq auteurs. Cinq cadeaux. Un seul hymne à l'aventure et au rêve.

LIBRE!
Claude Arbour

Debout derrière ses chiens de traîneau sur une route de neige ou en canot sur un lac paisible au crépuscule, Claude Arbour parle de son quotidien dans la grande forêt laurentienne où il vit isolé depuis des années.

SUR LA PISTE!
Claude Arbour

Claude Arbour poursuit ici le remarquable récit de sa vie dans les bois, à l'écart de la civilisation moderne. Comme dans *Libre!*, il nous entraîne avec lui à la découverte de la vie qui bat tout près : castors, loups, huarts à collier, balbuzards...

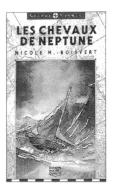

LES CHEVAUX DE NEPTUNE
Nicole M.-Boisvert

Annette n'en peut plus. Depuis le début de la longue traversée de l'Atlantique en voilier, elle sent grandir le fossé qui la sépare d'Isa, sa précieuse amie d'enfance. Entre les deux : Raphaël. Il faudra à Annette l'épreuve de la tempête, la plus terrible, celle qui met en face de la mort, pour mettre de l'ordre dans son coeur.

PIEN
Michel Noël

Fils d'une Blanche déracinée et d'un Métis tiraillé entre le progrès et les traditions de ses ancêtres, Pien observe, sent, vibre. Son monde, un coin du Nord ouvert au déboisement farouche des années 50, est hostile. Mais c'est un univers qui forge des coeurs passionnés.

BEN
Benjamin Simard

L'histoire vraie d'un coureur des bois d'aujourd'hui, un peu poète, parfois rebelle, qui vit au contact des orignaux, des ours et des loups dans le parc des Laurentides.

EXPÉDITION CARIBOU
Benjamin Simard

L'histoire vraie d'un coureur des bois d'aujourd'hui, d'un homme d'action qui vit avec les caribous dans l'impitoyable froid du Grand Nord.

Revoici l'auteur de *Ben*, poète à ses heures, qui raconte ses aventures: les tournées harassantes en avion, les dangereuses expéditions de capture, la magie de la toundra.

DOMPTER L'ENFANT SAUVAGE - tome 1 NIPISHISH
Michel Noël

Le missionnaire de la réserve a bien averti les Algonquins. « Mes chers amis, le gouvernement du Canada vous offre un grand cadeau : il va envoyer vos enfants à l'école ! Enfin, ils apprendront à lire, à écrire et à bien se comporter en société. Ne vous inquiétez de rien, nous viendrons les chercher à la fin de l'été pour les mener au pensionnat. »

« Quoi ? riposte Shipu, le père du jeune Nipishish. Les Blancs veulent nous arracher nos enfants ? Jamais ! »

DOMPTER L'ENFANT SAUVAGE - tome 2 LE PENSIONNAT
Michel Noël

Nipishish et ses camarades ont été transplantés contre leur gré dans un pensionnat indien. En effet, le ministère des Affaires indiennes, de concert avec le clergé catholique, a décidé de civiliser et d'instruire les « Sauvages ». Mais, pour le privilège d'apprendre à lire et à compter, les jeunes autochtones paieront un prix terrible : vêtements confisqués, langue maternelle bannie, traditions ridiculisées, ils se verront dépouiller de leur identité.

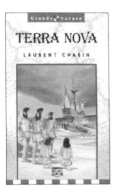

TERRA NOVA
Laurent Chabin

Terra Nova raconte l'histoire touchante et pleine de mystère d'un jeune mousse parti en mer à la recherche de son frère disparu. «Rien ne me fera reculer, se jure Joanes, ni le chagrin que je causerai à ma mère, ni les rats dans la cale, ni les monstres marins, rien!»

ALERTE À L'OURS
André Vacher

Les habitants d'un petit village des Rocheuses canadiennes ne dorment plus. Ils sont terrorisés. Des ours attaquent, blessent et tuent les gens dans la forêt avoisinante. On organise des battues mais en vain. La tension monte dans la petite localité. Il faut faire cesser le carnage.

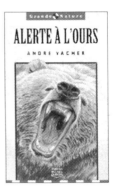

Achevé d'imprimer
en septembre 1998
sur les presses de
Imprimerie H.L.N.

Imprimé au Canada – Printed in Canada